Wie in seinen höchst erfolgreichen Minigeschichten, den ›Nachdenklichen Hühnern‹, karikiert Malerba auch in den vorliegenden 16 Erzählungen menschliche Schrullen, Borniertheiten und Feigheiten. Allen Texten gemeinsam ist die Lust ihres Autors an der Übertreibung, der Zuspitzung scheinbar alltäglicher Vorfälle ins Aberwitzige und Hintersinnige.
In der Titelgeschichte ›Silberkopf‹ leidet ein Mann an einer hypersensiblen Wahrnehmung des eigenen Körpers. Als er nach einem Skiunfall zwei Nägel eingesetzt bekommt, verlagert sich sein Interesse auf diese ›Fremdkörper‹. Er fühlt eine wachsende Faszination für Prothesen und weiß, durch riskante Unternehmungen die Chirurgie zu beschäftigen. Sein Traum: die Verwandlung des weichen und verletzlichen Körpers in eine glänzende Maschine.
In der Erzählung ›Die Dame vom WWF‹ verliebt sich ein Mann in besagte Dame und träumt mit ihr den gemeinsamen Traum von Liebe und Leben in einer ›heilen Natur‹. Seine Phantasie versteigt sich zu wilden Dschungelträumen, zu Liebesspielen im Busch, mitten unter Löwen. In der rauhen Wirklichkeit ist er Allergiker und scheitert mit seinen romantischen Ideen schon bei einem Ausflug in den Park der Villa Borghese, wo er unter einem blühenden Strauch einen Asthmaanfall bekommt und sich beim Liebesspiel im Grünen vor streunenden Hunden fürchtet.
Malerbas Erzähltexte sind Fundstücke einer humanen Archäologie. »Das leise Gelächter, das die unschuldigen oder listigen Figuren Malerbas umgibt, ist in ›Silberkopf‹ noch gesättigter mit Unruhe und Staunen – ein äußerst anziehender Raum für den Leser.«

La Repubblica

Luigi Malerba, 1927 in Berceto bei Parma geboren, lebt heute in Rom und Orvieto. *Im Fischer Taschenbuch Verlag erschienen bisher:* ›Die nachdenklichen Hühner‹ (Bd. 10345), ›Wahrhaftige Gespenster‹ (Bd. 12282), ›Das griechische Feuer‹ (Bd. 12181), ›Pataffio‹ (Bd. 12280) und ›Die fliegenden Steine‹ (Bd. 12333).

Luigi Malerba

Silberkopf

Erzählungen

Aus dem Italienischen von
Karin Fleischanderl

Fischer Taschenbuch Verlag

Veröffentlicht im Fischer Taschenbuch Verlag GmbH,
Frankfurt am Main, Mai 1997

Lizenzausgabe mit freundlicher Genehmigung
des Verlags Klaus Wagenbach GmbH, Berlin
Die italienische Ausgabe erschien unter dem Titel
›Testa d'argento‹
bei Arnoldo Mondadori Editore, Mailand

Druck und Bindung: Clausen & Bosse, Leck
Printed in Germany
ISBN 3-596-12281-3

Gedruckt auf chlor- und säurefreiem Papier

Inhalt

Cäsars Traum

Vor mir liegt eine endlos weiße, sonnenbeschienene Ebene, und die fernen Erhebungen und Zacken funkeln im Sonnenlicht. Nein, es sind keine schneebedeckten Berge oder Hügel, aber bevor ich mit Sicherheit feststellen kann, daß es Wolken sind, muß ich sie aus der Nähe betrachten. Also schwebe ich hinab, sanft schaukelnd in der strahlendweißen, sauberen Luft und tief einatmend, denn in diesen Höhen ist Sauerstoff knapp.

Wie erwartet werden die Umrisse der weißen Masse nicht klarer, während ich an Höhe verliere, sondern noch undeutlicher und verschwommener: Es sind tatsächlich Wolken. Jetzt, wo ich die ausgedehnte Fläche aus der Nähe sehe, stelle ich fest, daß sie in Wirklichkeit aus festgefügten und aus leeren Stellen besteht, aus tiefen Wirbeln, wo das Weiß in Grau übergeht, und dunklen Spalten zwischen den einzelnen Wolken, durch die man unten am Boden die Erdoberfläche sieht, erkennbar an den Umrissen der bebauten Felder, braun wie gepflügte Erde die einen, intensiv gelb die anderen, und daneben die ausgedehnten, dunkelgrünen Vierecke der Wälder. Ein Fluß schlängelt sich durch eine breite Hügelzone. Der Tiber? Es wird mir kaum gelingen, ihn aus dieser Höhe zu erkennen, und außerdem ist es klüger, sich nicht zu lange in den Spalten zwischen den Wolken aufzuhalten, will man nicht von einem Luftloch angesaugt und in die Tiefe gerissen werden.

Doch halt, da ist ein Punkt, an dem die Wolken sich zu einem hohen Gewölbe aufzutürmen scheinen, zu einer Art

Baldachin, und die Reflexe darauf glänzen nicht mehr weiß, sondern golden. Lichteffekte, sage ich mir. Nein, diese Voluten tragen einen goldenen Thron, der umso deutlicher zu erkennen ist, je näher ich komme, einen imposanten Armstuhl, auf dem ganz in Weiß ein feierlicher, bärtiger Greis sitzt und langsam und unbeholfen den Kopf wiegt, wie eine Maske im Karneval von Viareggio. Wer mag das sein? Ein Gedanke schießt mir durch den Kopf, aber dann sage ich mir, daß es doch höchst unwahrscheinlich ist, über den Wolken zu schweben und dabei Gott zu begegnen, und der Gedanke allein erscheint mir vermessen. Und trotzdem habe ich diesen Greis, der aussieht wie Gott, schon irgendwo gesehen, ja ich kenne ihn. Er hält einen Blitz in der Hand, ja tatsächlich, einen leuchtenden Pfeil, der gezahnt ist wie eine Säge und funkelt wie eine elektrische Flamme. Aber ja doch, es kann nur er sein: Jupiter, der Göttervater, der Herr des Olymp, der Sohn Chronos', der Herr des Donners.

Jupiter macht mir ein Zeichen und ich trete näher. Was mag Jupiter von mir wollen? Da, jetzt legt er den Blitz auf die Lehne des Thrones und reicht mir seine weiße Hand. Während ich ihm die Hand schüttle, stelle ich fest, daß sie aus Marmor ist, aus reinem, kalten Statuenmarmor. Der alte Jupiter ist von Kopf bis Fuß aus Marmor, und dennoch bewegt er die Hand und wiegt den großen, weißen Kopf. Mir ist sogar, als sähe ich auf seinen Lippen den Anflug eines Lächelns. Aber nachdem wir uns die Hand geschüttelt haben, nimmt er wieder seinen leuchtenden Blitz und richtet den Blick nach oben, als erwarte er von dort jemanden. Da verstehe ich, daß ich gehen muß. Ohne mich noch länger aufzuhalten, mache ich eine grüßende Geste mit der Hand und beginne wieder über den Wolken auf- und abzufliegen, ich lasse mich im Gleitflug fallen, gewinne mit abrupten Schüben wieder an Höhe, lege mich rasant in die Kurven, gerate ins Schleudern, gewinne wieder an Höhe und hin und wieder mache ich zum Spaß die Augen zu und fliege mit geschlossenen Augen.

Als ich die Augen öffnete, war es dunkel, ich drehte mich zwei-, dreimal im Bett herum, dann stand ich schwerfällig auf und öffnete das Fenster. Es regnete, es fiel ein dichter Regen, der im Gegenlicht glänzte und die Dachziegel des Hauses gegenüber glitzern ließ. Ich brauchte nicht lange nachzudenken, um festzustellen, daß ich einen Traum geträumt hatte, den ich schon kannte. Ich nahm ein Buch vom Regal, schlug sofort die richtige Seite auf und las: »Ea vero nocte, cui inluxit dies caedi ei ipse sibi visus est per quietem interdum supra nubes volitare, alias cum Iove dextram iungere«. Der Historiker Sueton erzählt diesen Traum, den Cäsar in der Nacht vor den Iden des März geträumt hatte. Übersetzt heißt das mehr oder weniger, Cäsar hätte in jener Nacht vor dem Morgen des unheilvollen Tages geträumt, über den Wolken zu schweben und Jupiter die Hand zu drücken. Genau das habe auch ich in meinem Traum getan: Ich schwebte über den Wolken und drückte Jupiter die Hand. Somit hatte ich denselben Traum geträumt wie Cäsar zweitausend Jahre vor mir, eine Nacht bevor er der Verschwörung zum Opfer fiel und von Brutus und den anderen Verschwörern erdolcht wurde. Ein historischer Traum, oder wie sollte ich ihn sonst bezeichnen?

Da stehe ich also, mit meinem Sueton in der Hand, noch ganz verwirrt von dem Traum, und im Gegensatz zu anderen Träumen, die man sofort vergißt, erinnere ich mich an jedes einzelne Detail: Ich sehe noch immer das Bild der weißen Wolken vor mir, und auch die leichte Euphorie, die mir der Flug verursachte, spüre ich noch; umsonst versuche ich mich jedoch an meine Identität zu erinnern, herauszufinden, ob ich während des Traumes ich war oder ein anderer. Wer war ich während des Traumes? Eigentlich hätte ich mich mit Julius Cäsar identifizieren müssen, da ich ja zweifellos »seinen« Traum geträumt hatte. Ich erinnerte mich jedoch nur mehr an ein sehr ungewisses Ich, an ein sehr schwaches, konturloses und durchaus nicht »historisches« Ich. Ich in erster Person hatte also illegal den Traum einer historischen Persönlichkeit geträumt. Der Beweis dafür ist, daß ich im Geiste den Vergleich mit den Karnevalsmasken von Viareggio angestellt hatte, während ich vor Jupiter stand. Julius Cäsar oder wer auch immer sich mit ihm identifizierte, hätte einen solchen Vergleich nie anstellen können.

Als wäre die Sache mit dem Traum nicht schon ungewöhnlich genug, besteht auch eine außergewöhnliche Übereinstimmung zwischen mir und dem römischen Feldherrn, die mir etwas Grund zur Unruhe gibt: Auch ich heiße Cesare. Wenn ich wie viele Menschen meinte, die Träume würden uns von den Göttern im Himmel gesandt, könnte ich an einen dunklen Plan des Schicksals glauben, aber schließlich sagte ich mir, Träume entstehen manchmal aus Zufällen oder Assoziationen, auf die wir gar nicht achten.

Natürlich erzählte ich meiner Frau von dem Traum und machte sie auf die Übereinstimmung aufmerksam. Es schien sie aber nicht sonderlich zu interessieren, und ich gestehe, daß mich ihre zerstreute und gelangweilte Haltung etwas enttäuscht hat, auch wenn ich ihr Desinteresse auf die allgemeine Gleichgültigkeit zurückführte, die sie mir gegenüber nun seit einigen Jahren an den Tag legt. Um genau zu sein, handelt es sich um eine wechselseitige Gleichgültigkeit, denn wir sind eines jener Paare, die aus Bequemlichkeit zusammenleben, aus Gewohnheit und Faulheit, und ohne Interesse aneinander und mit völliger Freiheit in den jeweiligen Privatbeziehungen. Ich weiß, daß meine Frau einen Liebhaber hat, aber ich stelle ihr keine Fragen, und sie erzählt mir nichts. Sie weiß, daß auch ich ein Intimleben besitze, von dem ich lieber nicht spreche, und tatsächlich schneiden wir auch dieses Thema niemals an. Wir haben einen sehr kultivierten, wenn auch etwas langweiligen *modus vivendi* gefunden, denn zwischen uns gibt es keine Kommunikation, wir wechseln ein paar Worte bei Tisch, hin und wieder besuchen wir gemeinsam eine Veranstaltung, aber im Grunde sind wir zwei Fremde, die mühsam nach einem Grund für ihr Zusammenleben suchen, einmal abgesehen von unserer herrlichen Wohnung im historischen Zentrum Roms. Und so stieß auch der Traum, den ich gerne mit ihr besprochen hätte, auf taube Ohren.

Aus reinem Zufall überraschte ich meine Frau am Nachmittag desselben Tages, an dem ich ihr von meinem Traum erzählt hatte, in einer Haltung, die mich erstaunte und, offen gesagt, beunruhigte. Unsere Wohnung ist kreisförmig um einen kleinen Innenhof angelegt, so daß man von einer Veranda aus, die als Rumpelkammer dient und in der sich auch der Kessel für die Gasheizung befindet, direkt in das Schlafzimmer meiner Frau auf der gegenüberliegenden Seite des Hofes blickt. Das Fenster des Schlafzimmers steht des öfteren offen. Ich trat also auf die Veranda, um die Temperatur des Badewassers im Boiler zu erhöhen, und sah meine Frau in ihrem Zimmer: Sie hielt etwas Glänzendes in der Hand, das sofort meine Aufmerksamkeit auf sich zog. Es war ein Dolch. Wir hatten ihn vor einigen Jahren in einem kleinen Antiquitätenladen in Zürich gekauft, ein Stück von geringem Wert, aber hübsch, mit gewundener Klinge und einem Griff aus getriebenem Messing. Wir hatten nur ein paar Franken dafür bezahlt, ein Spezialpreis hatte der Antiquitätenhändler gesagt, weil die Scheide fehlte. Es hatte uns Vergnügen bereitet, ihn zu kaufen, aber danach war er eine Zeitlang wie zufällig auf einem Tisch liegengeblieben, als Ziergegenstand, und schließlich war er still und heimlich in einer Lade verschwunden.

Was tat meine Frau mit dem Dolch in der Hand? Warum hatte sie ihn gerade jetzt aus seinem Versteck geholt, und warum polierte sie ihn? Warum war sie auf die Idee gekommen, dieses Stück wieder in die Hand zu nehmen? Fast gegen meinen Willen stellte ich mir diese Fragen, um letzten Endes einen Zusammenhang zwischen dieser Tatsache und dem Traum herzustellen, den ich ihr erzählt hatte. Möglicherweise hatten ihr der Traum Cäsars und die Dolchstiche Brutus' und der Verschwörer auf assoziativem Wege den Dolch in Erinnerung gerufen. Eine schlichte und unschuldige Assoziation? Gewiß brauchte ich nicht zu befürchten, daß mich meine Frau erdolchen wollte. Unser Verhältnis war zwar abgekühlt, ließ aber nicht ein verbrecherisches Vorhaben ihrerseits befürchten.

Ich blieb unbeweglich auf der Veranda stehen und beobachtete meine Frau. Sie polierte die Klinge mit einem Stoffetzen, dann prüfte sie die Spitze mit einer Fingerkuppe, und schließlich wickelte sie den Dolch sorgfältig in ein Stück Seidenpapier, als wolle sie ein Geschenkpaket machen. Zum Schluß fixierte sie das Papier mit einem Gummiband und legte das Päckchen sorgfältig in ihre Tasche. Das alles erschien mir sehr seltsam und versetzte mich in einen Zustand der Unruhe, als hätte ich ein Geheimnis entdeckt, von dem ich lieber nichts hätte wissen sollen. Instinktiv traf ich eine Entscheidung, die es mir vielleicht ermöglichen würde, die Reaktion meiner Frau auf die Probe zu stellen: Ich ließ auf der Veranda eine Dose Insektenspray fallen, so daß das Geräusch ihre Aufmerksamkeit auf sich ziehen mußte. Wie vorausgesehen zuckte meine Frau zusammen. Müßte ich das Ausmaß ihrer Überraschung aufgrund ihrer Reaktion beurteilen, so wäre ich gezwungen festzustellen, meine Anwesenheit und die Angst, mit dem Dolch in der Hand gesehen worden zu sein, hätten ihr buchstäblich den Boden unter den Füßen weggezogen. Ich beobachtete sie aus den Augenwinkeln heraus, dann hob ich wie zufällig den Blick und lächelte ihr flüchtig zu, um ihr zu verstehen zu geben, daß ich sie erst jetzt bemerkt hatte, und schließlich ging ich hinaus in die Küche, um zu sehen, wie weit es mit dem Mittagessen stand.

Bei Tisch blickten wir uns nicht in die Augen. Eine Zeitlang unterhielten wir uns mit gespielter Besorgnis über das Abitur unseres Neffen, aber in Wirklichkeit versuchten wir nur, die Leere zwischen uns mit konventionellen Phrasen über ein inexistentes Problem zu füllen, denn wir wissen sehr gut, daß unser Neffe spielend zurechtkommen wird, er hatte noch nie Schulprobleme. Bevor ich mich vom Tisch erhob, wechselte ich unvermittelt das Thema und fragte wie aus heiterem Himmel:

– Hast du Sueton gelesen?

– Nicht alles, und an das Wenige, das ich gelesen habe, erinnere ich mich nicht. Aber warum fragst du?

– Erinnerst du dich an den Traum, den ich heute Nacht geträumt habe? Nun, Sueton sagt, auch die Frau Cäsars hatte in dieser Nacht einen Traum.

– Na und?

– Bist du etwa nicht die Frau Cäsars? Heiße nicht auch ich Cesare?

Meine Frau zwang sich zu einem Lächeln, offenbar peinlich berührt.

– Erinnerst du dich an den Traum Calpurnias?

– Ich sagte dir doch, ich erinnere mich so gut wie an nichts.

– Ich habe die bewußte Seite von Sueton noch einmal gelesen. Er sagt, Calpurnia hätte in der Nacht vor dem unheilvollen Tag geträumt, das Dach des Hauses stürzte ein und Cäsar würde in ihren Armen erdolcht. Und am Schluß sprangen die Türen ihres Zimmers von selbst auf. Hast du zufällig so etwas ähnliches wie Calpurnia geträumt?

– Ich habe heute Nacht gar nichts geträumt.

Wenn meine Frau lügt, nimmt ihre Stimme einen Tonfall an, der ruhiger, überzeugender und sicherer ist als gewöhnlich, und den zu erkennen mir erst nach vielen Jahren Ehe gelungen ist. Als sie sagte, diese Nacht nichts geträumt zu haben, log sie mich ganz bestimmt an, aber die Wahrheit werde ich natürlich nie erfahren, denn sie wird sie mir nicht sagen, und ich wollte auch nicht darauf bestehen.

Nach ein paar Sekunden des Schweigens fügte sie hinzu:

– Wir haben zwei Zimmer, nicht ein gemeinsames.

– Zum Glück stimmt nicht alles überein.

– Was soll das heißen? Warum sagst du »zum Glück«?

– Weil ich keine Lust habe, erdolcht zu werden. Blut hat mich immer schon abgeschreckt, sowohl mein eigenes als auch das der anderen.

Meine Frau war sprachlos. Sie gab sich mehr Zucker in den Kaffee als gewöhnlich und trank ihn mit langsamen Schlucken, als ob sie Zeit gewinnen wolle. Dann begann sie mit ihrer tiefen und leicht drohenden Stimme zu sprechen, die mich stets aufs neue einschüchtert.

– Bist du dir sicher, daß Cäsar in Calpurnias Traum mit dem Dolch getötet wird?

– Du hast recht, Sueton spricht nicht von Dolchstichen. Die Dolchstiche habe ich hinzugefügt.

Indem sie zugab, sich an Sueton zu erinnern, hatte meine Frau sich verraten, und jetzt fühlte sie sich offensichtlich unbehaglich, aber ich mußte so tun, als bemerkte ich nichts, um sie nicht zu kränken. Sonst hätte sie womöglich eine ganze Woche lang kein Wort mit mir gesprochen, was schon mehrere Male vorgekommen war.

– Sueton spricht nicht von Dolchstichen – fügte ich ruhig hinzu, aber der Dolch erschien mir ganz selbstverständlich. Wenn man vom Tod Cäsars spricht, denkt man sofort an den Dolch, so wie man sofort an den Galgen denkt, wenn man von einem anderen Cesare, nämlich von Cesare Battisti spricht.

Als ich am Abend im Bett lag und nicht einschlafen konnte, stellte ich fest, daß sich bei Tisch die Situation eigenartigerweise umgekehrt hatte, so daß ich, das vermeintliche zukünftige Opfer, mich bemüht hatte, meine Frau, den vermeintlichen Mörder, zu rechtfertigen und zu beruhigen. Aber die Tatsache, daß ich an den Traum und an meine Frau mit dem Dolch in der Hand bereits unter dem Aspekt Opfer–Täter dachte, war eine Auslegung der Tatsachen, die den Grad meiner Nervosität zum Ausdruck brachte. Vor meinen Augen stand ständig das Bild meiner Frau, wie sie den Dolch polierte, und auf dieses Bild folgte eine ganze Reihe von Szenen, in denen ich stets von hinten erdolcht wurde. Ich stieg in den Lift, hörte einen leisen Schritt hinter mir und spürte plötzlich einen Dolchstich unter dem Schulterblatt, der mir alle Kräfte raubte, und sofort darauf weitere Dolchstiche... Oder ich komme am Abend nach Hause, die Straße ist leer, ich gehe auf das Tor zu, um den Schlüssel ins Schloß zu stecken, und während ich den ersten Schritt auf den Flur mache, tritt jemand im Schatten auf mich zu und versetzt mir einen Dolchstich in den Rücken, ich schwanke, während mich weitere Dolchstiche treffen und das heiße Blut meine Kleider tränkt...

In diesen Phantasien waren die Dolchstiche nicht besonders schmerzhaft, sie trafen mich wie ein plötzlicher, stechender Schlag, raubten mir augenblicklich die Kraft zu reagieren und versetzten mich in totale Verwirrung, in einen Zustand plötzlicher Hoffnungslosigkeit und Resignation, noch bevor ich zu Boden stürzte. Diese dramatischen Vorstellungen inszenierte ich vor allem im Dämmerzustand, während ich auf den Schlaf wartete, der nicht kommen wollte. Ich phantasierte ein wenig vor mich hin, bevor ich einschlief, und dann fiel ich in einen tiefen, traumlosen Schlaf.

Ich hatte die Gewohnheit angenommen, mich in meinem Zimmer einzuschließen, bevor ich zu Bett ging, als fürchtete ich, jemand könne hereinkommen und mich bei meinen Phantasien stören. Aber bestand nur darin meine Angst? Denn seitdem ich meine Frau mit dem Dolch in der Hand überrascht hatte, nahmen meine Gedanken auch eine andere Richtung. So erinnerte ich mich zum Beispiel, daß das Gäßchen, das im rechten Winkel zu unserem Haus verläuft, Vicolo del Malpasso – Gasse des bösen Schritts – heißt, und das schien mir kein gutes Omen zu sein. Wahrscheinlich hieß das Gäßchen so, weil Überfälle und tätliche Angriffe hier einst keine Seltenheit gewesen waren. Im sechzehnten und siebzehnten Jahrhundert kann das Leben hier nicht gerade beschaulich gewesen sein, so nahe bei der Via Giulia, der eleganten Kardinalsstraße, auf der sich jedoch auch Kuppler, Dirnen und gedungene Mörder herumtrieben. Dann fiel mir ein, daß der Liebhaber meiner Frau Bruno heißt. Bruno ist nicht Brutus, einverstanden, aber immerhin war nicht auszuschließen, daß der Dolch in seine Hände geraten war und daß er der Anführer der Verschwörung sein sollte. Welcher Verschwörung? Ich begann zu lachen und sagte mir: Du bist nicht Julius Cäsar und Bruno ist nicht Brutus; kurz und gut, ich versuchte zu bagatellisieren, an etwas anderes zu denken.

Sobald ich mit diesen Phantasien von vorne begann, erschien vor meinen Augen die Gestalt meiner Frau im Schlafzimmerfenster, wie sie den Dolch mit einem Fetzen Stoff polierte. Alles hatte mit dem Traum und dieser beunruhigenden Entdeckung begonnen. Um die Kette der Vorstellungen zu durchbrechen, war ich schon drauf und dran, meine Frau direkt zu fragen, wohin der Dolch, den wir in Zürich gekauft hatten, geraten war, um aufs neue ihre Reaktion auf die Probe zu stellen, um zu sehen, was sie mir antworten würde. Aber ich wollte sie mit meinen Verdächtigungen nicht ärgern und habe ihr die Frage nicht gestellt.

Gewiß, es wäre möglich gewesen, mich auf drastische und endgültige Weise von dem Alptraum zu befreien, aber ich versuchte sofort, diesen Gedanken zu vertreiben. Ich versuchte ihn zu vertreiben, und er kehrte hartnäckig wieder: ein sorgfältig geplantes, mit allen Vorsichtsmaßnahmen ausgeführtes, lautloses Verbrechen. Ich hatte ein Gegenmittel zu den Dolchstichen in meiner Phantasie gefunden, indem ich das perfekte Verbrechen in allen Details plante. Es kann doch gar nicht so schwierig sein, sagte ich mir, wo doch ein Großteil der Verbrechen nicht aufgeklärt wird und alle unaufgeklärten Verbrechen perfekte Verbrechen sind. Aber nein doch, man begeht kein Verbrechen, man tötet seine Frau nicht, bloß um sich von einem imaginären Verdacht zu befreien. So habe ich die Idee des perfekten Verbrechens wieder fallengelassen.

Als ich vor einigen Tagen wie immer um acht Uhr aufstand, stellte ich fest, daß meine Frau das Haus bereits verlassen hatte, was ungewöhnlich und seltsam war. Sie hatte vor mir das Haus verlassen, ohne mir ein Wort zu sagen, wo sie doch sonst immer, so selten dies auch vorkam, zuerst zu mir ins Zimmer kam, um mir mitzuteilen, daß sie ging, und um sich zu verabschieden.

Ich ging allein in der Wohnung auf und ab und war alles andere als ruhig. Um Punkt Viertel zehn verließ ich wie immer das Haus und ging ins Büro. Ich traf bloß eine Vorsichtsmaßnahme: Anstatt wie üblich im Erdgeschoß auszusteigen, verließ ich den Lift bereits im ersten Stock. Ich dachte, auf diese Weise würde ich meinen eventuellen Mörder, vielleicht sogar meine Frau selbst, von hinten überraschen, unten im Flur vor der Lifttür. Ich öffnete ganz leise den Lift, um ja kein Geräusch zu verursachen, schlich die restlichen Stufen der Treppe auf Zehenspitzen hinunter und spähte von der letzten Stufe aus in den Flur: Niemand. Umso besser.

Ich stellte fest, daß es sehr einfach sein müßte, mir einen Hinterhalt zu stellen und mich zu erdolchen. Am Abend sind die Gäßchen um die Via Giulia menschenleer, und niemand eilt dir zu Hilfe im Fall einer Gefahr, das ist inzwischen zur Regel geworden in unserer mörderischen Zeit. Die außergewöhnliche Gelassenheit meiner Frau bereitete mir noch immer Kopfzerbrechen, aber ich hatte beschlossen, sowohl das Schicksal als auch meinen Gemütszustand herauszufordern. Ich fühlte mich ständig beobachtet, zu Hause und unterwegs, und deshalb habe ich beschlossen, alle Vorfälle und auch meine Gedanken niederzuschreiben und die Notizen in meiner Schreibtischlade zu verstecken, in der Mappe, in der ich auch die Licht-, Gas- und Telefonrechnungen aufbewahre.

Seit dem Traum ist nun eine Woche vergangen, und inzwischen gehe ich regelmäßig aus, ich gehe zur üblichen Zeit in die Arbeit, aber ich zucke bei jedem Schritt hinter mir zusammen. Ich habe Angst, aber ich bin an einem Punkt angelangt, an dem ich mich von der Gefahr eigenartigerweise angezogen fühle, ich gestehe, daß ich sowohl die Gefahr als auch die Angst genieße. Ich lebe in einem ständigen Spannungszustand, einem aufregenden, wenn auch anstrengenden Zustand für einen wie mich, der an alltäglichen Trott gewohnt ist. Ich glaube zwar nicht an die Vorsehung, bin aber doch zu der Überzeugung gelangt, daß sich das Schicksal eines Menschen aus unzähligen Gelegenheiten, Übereinstimmungen und Zufällen zusammensetzt, die gemeinsam die großen Wendepunkte im Leben eines Menschen ausmachen. Ich spreche hier von meinem Leben und von dem großen Wendepunkt darin: dem Tod durch Erdolchen.

Ich weiß sehr gut, daß jede psychische Spannung wie eine Symphonie einen eigenen Takt und einen eigenen Rhythmus hat und auch ein Finale, ein festgesetztes Ende. Ich kann die Angst, von hinten erdolcht zu werden, nicht ewig mit mir herumschleppen, das ist klar. Und deshalb werde ich dieses Tagebuch auch weiterhin führen und alles sehr genau beobachten, was bis Ende März in meiner Umgebung passiert, auch wenn ich sehr gut weiß, daß die Iden des März in die Mitte des Monats fielen, aber nach zweitausend Jahren muß man auch den Zufällen des sogenannten Schicksals eine gewisse Ungenauigkeit zugestehen. Ich werde Tag für Tag die kleinen verdächtigen Vorkommnisse niederschreiben, und wenn sich nichts Besonderes ereignet, werde ich ganz einfach wie heute schreiben: Bin allein zu Hause, draußen ist es finster, gehe hinaus, um mir ein wenig die Beine zu vertreten. Und wenn ich wieder zu Hause bin: Bin eine halbe Stunde lang in den Gäßchen rund um die Via Giulia spazierengegangen, bin anstandslos zurückgekehrt, alles in Ordnung, niemand hat mich erdolcht.

Heute schreiben wir den 23. März und bis zum Monatsende fehlt noch eine Woche (in Klammer: Cäsar wurde mit genau 23 Dolchstichen getötet). Ich werde die ganze Woche noch jeden Abend im Finstern ausgehen, und wenn ich zu Hause bin, werde ich meine Vermutungen, meine Ängste und auch die kleinen Indizien auf einer jeweils neuen Seite des Tagebuchs vermerken. Natürlich nur, wenn ich nicht früher erdolcht werde. Sonst endet das Tagebuch hier.

Die Dame vom WWF

Ich schlug ihr fast jeden Tag vor, davonzulaufen und gemeinsam im afrikanischen Urwald zu leben. Ich wußte von ihrem ökologischen Engagement, ich glaube, sie hatte eine Aufgabe beim ›World Wildlife Fund‹, sie liebte wilde Tiere, Krokodile und Schlangen inbegriffen. Sie zögerte, auch wenn sie der Vorschlag verlockte, dessen bin ich mir sicher. Mir gefällt der Kastanienwald am besten, sagte ich, nicht nur wegen der Schönheit der Bäume, sondern auch aus Gründen des Überlebens. Sowohl gebraten als auch gekocht sind Kastanien sehr nahrhaft, und auf Kastanienkuchen mit Pinienkernen bin ich ganz scharf. Ich auch, sagte die Dame vom WWF. In den Kastanienwäldern, sagte ich, wachsen auch Pilze, Steinpilze und Kaiserlinge, die man ganz einfach auf der Glut kochen kann, mit einer Prise Salz und sonst nichts. Während ich ihr von den Pilzen erzählte, sah ich, wie ihre Augen zu leuchten begannen, sie äußerte sich nicht, aber offenbar sagten ihr Pilze sehr zu. Ich habe gehört, daß Frauen mit Temperament auch gerne essen.

Ich glaube, daß es in Afrika keine Kastanienwälder gibt, sagte sie, man müßte sich informieren. Ich gebe mich auch mit einem Wald zufrieden, in dem man Bananen und Kokosnüsse findet, sagte ich, mit dir gehe ich in jede Art von Wald, denn ich liebe dich. Aber Kokosnüsse aß sie nicht gerne und Bananen auch nicht besonders. Und ich sagte, warum nehmen wir eigentlich an, daß es in Afrika keine Restaurants gibt? Bestimmt gibt es irgendeinen

Wald mit einem Restaurant in der Nähe, wo wir uns die Mahlzeiten nach unserem Geschmack zubereiten lassen, das halte ich für die beste Idee, und nach dem Essen gehen wir wieder in den Wald zurück und leben als Wilde, ich und du, wir zwei allein, und wälzen uns nackt auf einem Bett aus Blättern, wie zwei Affen. Wenn wir wollen, können wir auch eine Decke mitnehmen, die wir über die Blätter legen, und eine Zahnbürste. Im übrigen aber können wir von morgens bis abends nackt herumlaufen, denn in Afrika ist es heiß. Wir müssen bloß auf Schlangen achtgeben und auf gewisse gierige menschenfressende Ameisen, die einen Menschen im Handumdrehen bis auf die Knochen abnagen können. Aber auch auf viele andere wilde Tiere muß man achtgeben, zum Beispiel Löwen, Tiger, Jaguare, Leoparden und gewisse wilde Affen, deren Krallen so scharf sind wie Messer. Kurz und gut, ich schlug ihr vor, davonzulaufen und im Urwald zu leben, aber ich hatte absolut keine Lust, von den Ameisen gefressen oder von einem Jaguar zerfleischt zu werden. Ich auch nicht, sagte die Dame vom WWF, ich auch nicht. Irgendwann, als ich ihr die tropischen Krankheiten aufzählte, über die ich mich sehr sorgfältig in einer medizinischen Zeitschrift informiert hatte, unterbrach sie mich und sagte, niemand zwinge uns, gerade nach Afrika zu gehen, wo so viele Gefahren für unsere Gesundheit lauerten, es gäbe doch auch woanders wunderschöne Wälder, zum Beispiel in Kärnten in Österreich oder im Schwarzwald in Deutschland.

In Österreich und in Deutschland ist es kalt, sagte ich, wir können nicht nackt herumlaufen, wie wir gerne möchten. Somit haben wir sowohl Österreich als auch Deutschland ausgeschieden und beschlossen, es sei wohl am klügsten, sich für einen italienischen Wald zu entscheiden, zum Beispiel für den Gargano. Der Gargano hätte den Vorteil, daß man ihn zur Gänze im Auto durchqueren kann, es gibt eine schöne asphaltierte Straße, und wenn man stehenbleibt, kann man die Rehe beobachten, die unter den Bäumen umherspringen und hunderttausend Vögel, die von einem Ast zum anderen hüpfen oder im Gebüsch umherflattern. Leider gibt es am Rand dieser Straße ein zwei Meter hohes Drahtnetz, das die Leute am Betreten des Waldes hindern soll; ihr vom WWF laßt diese Netze aufstellen, sagte ich, die Natur zu schützen, ist ja schön und gut, aber es ist nicht richtig, den ganzen Wald den Tieren zu überlassen und den Menschen auszusperren, der in gewisser Hinsicht ja der König der Tiere ist. Sie lachte, aber ich sagte, da gäbe es gar nichts zu lachen, denn es gäbe ja auch Menschen wie uns, die wie die Wilden in der freien Natur leben möchten und von diesen zwei Meter hohen Netzen daran gehindert würden.

Weißt du, was ich meine? sagte nun die Dame, der ich vorgeschlagen hatte, davonzulaufen und im Wald zu leben, ich sage dir, daß es in Manziana oberhalb des Bracciano-Sees, ungefähr dreißig Kilometer von Rom entfernt, einen wundervollen Wald mit hundertjährigen Eichen gibt. Der Gargano ist weit weg, ungefähr sechs- oder siebenhundert Kilometer, und bei den heutigen Benzinpreisen und der Autobahngebühr ist das nicht zu unterschätzen, während man nach Manziana eine knappe halbe Stunde fährt. Es gibt dort diesen Wald mit den hundertjährigen Eichen, Vögel aller Art, Eichhörnchen, die von einem Ast zum anderen hüpfen, Hasen, Igel, Murmeltiere, Eidechsen und Salamander. Natürlich gibt es auch Ameisen, Spinnen, Nattern, Skorpione und Schlangen, sagte ich, aber wir brauchen ja nur achtzugeben, daß sie uns nicht beißen. Außerdem können wir auch Stiefel anziehen, sagte ich, niemand hindert uns daran. Im Wald von Manziana, sagte meine Freundin, gibt es jede Menge Wege und Straßen, die man auch mit dem Auto befahren kann, ich weiß das, denn dort fahren immer die Leute vom Film hin, wenn sie einen Wald für einen Kostümfilm brauchen. Aber wie sollen wir da nackt herumlaufen, sagte ich, wenn die Leute vom Film da sind, geniere ich mich. Da hast du recht, sagte sie, und außerdem besteht die Gefahr, daß wir einen Bekannten treffen, zum Beispiel einen Freund meines Mannes, der dort am Sonntag ein Picknick mit der Familie macht. Samstags und sonntags ist der Wald voller Touristen, die die frische Luft genießen und Blumen pflücken, was eigentlich verboten ist, denn es gibt dort sehr seltene Blumen, die man nicht berühren darf, sonst fällt der Samen nicht in die Erde und im Jahr darauf wachsen sie nicht nach. Es gibt auch Schmutzfinken, die biologisch nicht abbaubare Plastik- oder Glasflaschen auf den Boden werfen, Leute, die nicht einmal wissen, was Ökologie ist.

Und ich sagte, man müßte die Touristen zwingen, sich nackt auszuziehen, wenn sie den Wald betreten, denn der nackte Mensch ist im Fall des Falles biologisch abbaubar. Wenn ich es darauf anlege, bin ich ökologischer als die vom WWF. Adieu, Leben in der Wildnis, sagte ich, ich fürchte, wir müssen darauf verzichten, nackt in der freien Natur, im Wald zu leben. Unter uns gesagt, war dieser Vorschlag, in der Wildnis zu leben und nackt im Wald herumzulaufen, sei es auch nur in einem italienischen Wald, eine romantische Idee, um diese ökologische Dame, die die Natur und die Tiere liebt, zu verführen. In Wirklichkeit halte ich nicht einmal Mücken aus, und wenn ich einen Skorpion sehe, beginnen mir die Knie derart zu schlottern, daß ich mich kaum noch auf den Beinen halten kann. Ich bin gewiß nicht dazu geeignet, wie ein Wilder inmitten der abertausend Gefahren des Waldes zu leben. Aber einer Frau gegenüber würde ich meine Schwächen nie eingestehen, ich werde nie erzählen, daß ich einmal nach einem Wespenstich ohnmächtig wurde.

So beschlossen wir, einen Spaziergang durch den Park der Villa Borghese zu machen. Es hat keinen Sinn, eine so weite Reise zu machen, sagten wir uns, wenn wir einen so wunderbaren Park in greifbarer Nähe haben. In der Villa Borghese gibt es hundertjährige Bäume, römische Pinien, Steineichen, Linden, Platanen und eine Allee riesiger Magnolien, außerdem zwei Teiche mit Goldfischen und eine Unmenge von kleinen Vögeln, die in den Zweigen zwitschern. Zum Glück gibt es weder Schlangen, noch Jaguare und Krokodile und auch nicht diese wilden Affen, deren Krallen so scharf sind wie Messer. Wenn man sich auf den Boden legt, muß man zwar auch aufpassen, denn leider kann sich im Gras immer eine Schlange verstecken, und gewiß gibt es auch Ameisen und abertausende gefährlicher Insekten. Aber sie sind jedenfalls nicht so gefährlich wie die afrikanischen.

Ich steckte mir einen Regenmantel aus Plastik in die Tasche, einen von denen, die man ganz klein zusammenfalten kann, und als wir eine einsame Gegend hinter dem Prato dei Cani erreichten, sagte ich, sieh mal, was für ein glücklicher Zufall, ich habe diesen Regenmantel in der Tasche, den wir auf den Boden legen können. Also versteckten wir uns hinter einem großen, blühenden Pythosforos-Strauch, der sehr stark, wenn nicht gar zu stark duftete, denn ich leide an einer Allergie und begann sofort einige Male zu niesen. Aber ich sorge vor und im Frühjahr habe ich immer ein paar Antihistamintabletten in der Tasche, und so habe ich diese kleine Unannehmlichkeit aus der Welt geschafft, und wir begannen mit Zärtlichkeiten und kleinen erotischen Spielen. Wie schön doch die Natur ist, sagte ich, riech einmal, wie die Bäume duften, sieh einmal, in wie vielen Grün-Tönen die Blätter leuchten, wie angenehm ist es doch mitten im Wald, weit weg von den Autos, weit weg von der Zivilisation, und derweil ließ ich meine Hand zärtlich auf und ab wandern, und sie seufzte und erschien mir sehr glücklich. Hätte ich nicht gefürchtet, ein streunender Hund könnte auftauchen, während wir eng umschlungen nach Luft rangen, wäre auch ich glücklich gewesen.

Schuld daran ist Proust

Oft sind Kranke echte Halunken. Ich spreche aus meiner, der Sichtweise des Arztes und ich meine damit die Kranken, die nicht gesund werden *wollen*. Das klingt vielleicht eigenartig, ist aber öfter der Fall als man glaubt. Wie man weiß, gibt es bei fast allen Krankheiten eine Komponente, die man als psychosomatisch bezeichnet, und bei manchen Krankheiten, etwa bei denen, die ich behandle, ist diese Komponente ausschlaggebend. Ich bin Spezialist für Lungenkrankheiten und behandle insbesondere asthmatische Krankheiten und die Allergien, die Asthma auslösen. Die allergischen Temperamente würden aus verschiedenen Gründen ihre Allergien am liebsten behalten. Ein Hauptgrund ist der Faktor Mode: Die Allergien sind augenblicklich sehr in Mode, so wie vor ein paar Jahren Nervenzusammenbrüche in Mode waren, mit dem einzigen Unterschied, daß Allergien nicht so anspruchsvoll sind. Der Nervenkranke muß früher oder später seine Krankheit unter Beweis stellen, indem er zumindest einen Selbstmordversuch begeht. Nicht alle schaffen es, aus dem Fenster zu springen, vor allem die nicht, die im zweiten Stock oder noch höher wohnen. Auch die Versuche mit Gas oder Barbituraten sind riskant, von Feuerwaffen ganz zu schweigen. Viele sagen, sie könnten kein Blut sehen, womit sie sich natürlich verraten, denn wenn man einmal tot ist, sieht man sein Blut nicht mehr, aber im Grunde wollen sie ja gar nicht sterben. Einer meiner Kollegen, ein Psychiater, gab seinen nervenleidenden Patienten Ratschläge für den risikofreien Selbstmord, aber innerhalb weniger Jahre hatte er keine Patienten mehr. Nicht, weil sie seine Ratschläge befolgt hätten, sondern weil sie sich einen anderen Arzt suchten.

Eine Allergie ist da ganz etwas anderes. Für gewöhnlich führe ich die Allergie-Tests sehr sorgfältig durch und danach verordne ich eine Schutzimpfung. Natürlich wende ich sowohl im ersten als auch im zweiten Fall die schmerzhaftesten Methoden an, weil ich nach wie vor hoffe, daß der Kranke aus Angst vor dem Schmerz *beschließt*, gesund zu werden. Beim Test mache ich nicht den üblichen Kratzer am Arm, sondern ich verwende ein schwedisches Stecheisen, das ein Sadist erfunden haben muß und das vielleicht sogar die SS bei ihren Experimenten in den Todeslagern verwendete. Bei der Impfung appliziere ich die üblichen subkutanen Injektionen, die ohnehin schmerzhaft genug sind, in den Arm. Die Kranken lassen die Impfungen mit zusammengebissenen Zähnen über sich ergehen, die sich über zwei oder drei Jahre hinziehen können, mit einer Impfung wöchentlich oder alle zwei Wochen. Für gewöhnlich wird der Patient durch die Impfungen immun, beziehungsweise sie heilen ihn von seiner Allergie. Aber viele Patienten sind *rezidiv*, und ich sage mit gutem Grund, daß die Patienten rezidiv sind und nicht die Krankheiten. Nehmen wir einmal an, irgendjemand sei allergisch gegen Glaskraut, eine kosmopolitische Pflanze, die in einem Dutzend verschiedener Arten vorkommt und in den gemäßigten Zonen wächst. Der rezidive Allergiker wird also von seiner Allergie gegen Glaskraut geheilt. Was tut er? Ganz einfach, er wird gegen eine andere Pflanze allergisch, die er sich aus der Familie der ebenfalls sehr verbreiteten Gramineen aussuchen kann, oder, wenn er einen Hang zum Besonderen hat, wird er gegen Edelraute allergisch, gegen Fuchsien, Tuberosen oder Linden.

Bei einer Allergie kann dasselbe passieren wie beim Nervenzusammenbruch: Der Patient *beschließt*, krank zu sein und wird es schließlich tatsächlich. In diesen Fällen wird die latente Anfälligkeit für Allergien wirksam, manchmal sogar in abnormem Ausmaß. Einen typischen Fall, der die *Unlauterkeit* des Allergikers beweist, habe ich mehrmals erzählt und auch einen Artikel darüber in einer medizinischen Fachzeitschrift veröffentlicht. Irgend jemand war gegen Fuchsien allergisch. Kaum befand sich eine Fuchsie im Umkreis von hundert Metern, begann er zu niesen. Eines Tages betritt er eine Wohnung, in der es gar keine Fuchsien gibt und beginnt sofort zu niesen. Nach einer Weile bemerkt er, daß ein Bild an der Wand hängt, auf dem ein Strauß dieser Blumen abgebildet ist. Das bezeichne ich als »unlautere« oder »falsche« Allergie, das Niesen des Betreffenden war jedoch echt.

In besonders schweren Fällen führt die Allergie zum Asthma. Auch bei diesen Kranken spielen psychosomatische Faktoren oder besser gesagt die Unlauterkeit eine große Rolle, aber Asthma ist eine wirkliche Krankheit, und ich muß sie behandeln, das ist mein Beruf. Bei den Allergien muß man sich auf Spurensuche begeben wie ein Polizist. So habe ich zum Beispiel festgestellt, daß frustrierte Intellektuelle oft unter Asthma leiden, und in den meisten Fällen handelt es sich um Möchtegern-Schriftsteller oder um erfolglose Schriftsteller. Ich fragte mich, was sich wohl dahinter verberge, und schließlich habe ich begriffen: Proust verbarg sich dahinter. Wie wir alle wissen, litt Proust unter Asthma und ist in ziemlich jungen Jahren daran gestorben. Ich glaube nun, daß viele der frustrierten, an Asthma leidenden Intellektuellen gerne Proust wären. In diesen Fällen gehe ich sehr sorgfältig vor, umkreise das Thema und spreche schließlich unerwartet den Namen Proust aus. Für gewöhnlich zuckt mein Gegenüber zusammen, versucht sich aber zu beherrschen. Ich beobachte ihn aufmerksam, jedoch unauffällig, und schließlich sage ich ohne Umschweife: Lassen Sie um Himmels willen Proust sein, lassen Sie ihn dort, wo er ist, und lesen Sie etwas anderes. Ganz davon zu schweigen, füge ich hinzu, daß Proust ein sehr geschwätziger und langweiliger Autor ist, der für das, was man in zehn Zeilen sagen könnte, zehn Seiten braucht. Um meine Argumente glaubhaft vertreten zu können, mußte ich sämtliche Bücher von Proust lesen, die sehr lang sind. Leider haben sie mir sehr gut gefallen, aber das kann ich meinen Patienten nicht sagen, ich muß ja versuchen, sie davon zu überzeugen, daß Proust ein sehr schlechter Schriftsteller war.

Oft verwickeln mich meine Patienten in zermürbende Diskussionen, sie akzeptieren fast nie meine Kritik. Ich beschränke mich darauf, ihre Bewunderung zu unterminieren, ich arbeite zäh und geduldig an der Erosion. Ich habe sogar Aufsätze gesucht, die mir dabei helfen sollten, meine These zu verfechten, aber gegen Proust liegt beinahe nichts Schriftliches vor, ich habe bloß ein negatives Urteil von André Gide gefunden, aber das genügt nicht. Wer Proust liebt, verachtet für gewöhnlich Gide, und somit hat seine Meinung fast einen gegenteiligen Effekt. Der arme Proust würde sich im Grab umdrehen, wenn er wüßte, wieviel Leid er verursacht. Und ich spreche nicht nur von den gesundheitlichen Schäden vieler Möchtegern-Schriftsteller und gescheiterter Schriftsteller, sondern auch von den Schäden auf dem Gebiet der Literatur. Dank meiner Beschäftigung mit diesem Schriftsteller bin ich zu einem Fachgelehrten geworden, und ich habe festgestellt, daß Prousts Nacheiferer, die sogenannten Erinnerungs-Schriftsteller, ein noch größeres Übel sind als Allergien und Asthma. Ein Asthmatiker kann seinem Nächsten nicht schaden, während manche Nacheiferer von Proust eine wahre Geißel sind. Aber ich bin Arzt und darf mich nur so weit mit Literatur beschäftigen, als dies meinen Patienten zugute kommt. Ich muß jedoch sagen, daß sich der Zustand vieler Asthmatiker in dem Moment zu bessern beginnt, in dem ich sie entlarve und sie sich zu verteidigen beginnen, und manche werden am Ende sogar völlig gesund.

Manchmal verschreibe ich gemeinsam mit der Medizin auch literarische Gegenmittel, die Proust neutralisieren sollen. Ein äußerst wirksames Gegenmittel ist Joyce. Ich beginne natürlich mit den ›Dubliners‹, um den Übergang nicht allzu traumatisch zu gestalten. Wenn das Buch beim Patienten Anklang findet, reiche ich sofort den ›Ulysses‹ nach. Der ›Ulysses‹ hat den Vorteil, eine sehr anspruchsvolle Lektüre zu sein, und deshalb vergißt der Patient allmählich Proust und seine asthmatischen Anfälle. Meine Therapie hat ihm gutgetan. In Fällen, wo der Patient Joyce ablehnt, und das geschieht ziemlich häufig, gestaltet sich der Vorgang mühevoller. In diesen Fällen wende ich die Impf-Methode an und verschreibe dem Patienten die Lektüre immer schlechterer Autoren in der Tradition Prousts, bis hin zu den ganz schlechten, so daß im Patienten eine Abneigung gegen diese Art von Literatur entsteht. Wie gesagt, nimmt diese Methode etwas mehr Zeit in Anspruch, aber ich habe damit immer die besten Resultate erzielt.

Leider gibt es Kranke, die gegen jede Kur gefeit sind, die in ihre Krankheit verliebt sind, und das ist die Form von Narzißmus, gegen die kein Kraut gewachsen ist. Diese Kranken hasse ich. Den Kranken, der nicht gesund werden will, halte ich nicht aus. Ich glaube zwar, daß dies mehr oder weniger den meisten Ärzten passiert, aber mir raubt dieses Problem den Schlaf, und manchmal hätte ich sogar Lust aus dem Fenster zu springen, wenn ich meine Nerven nicht eisern in der Hand hätte. Im Augenblick zum Beispiel treibt mich ein Kranker an den Rand der Verzweiflung, er ist der schlimmste, der mir in den letzten Jahren in die Hände gefallen ist, ein wirklicher Halunke. Er ist tot.

Das ist die schlimmste Niederlage in meiner ganzen Laufbahn, und ich werde sie mir nie verzeihen. Ich weiß, es ist nicht freundlich, so von einem Toten zu sprechen, aber es ist seine Schuld, daß er gestorben ist. Ich glaube wirklich, daß ich den Arztberuf aufgeben werde, ich bin völlig verzagt, ich sehe in meinem Leben keinen Sinn mehr. Am liebsten würde ich es einfach wegwerfen, und eines schönen Tages werde auch ich aus dem Fenster springen. Ich habe es nur deshalb nicht schon getan, weil ich im vierten Stock wohne.

Eine hundertprozentig wahre Geschichte

Die öffentliche Schande ist umso brennender (etwas später werden wir sehen, wie sehr dieses Adjektiv in diesem Fall zutrifft), wenn die Begebenheit, die ihr zugrunde liegt, sich in einer kleinen Stadt zugetragen hat. Deshalb spielt diese Geschichte in Parma, im Wohnviertel am Ende der Viale Solferino, dem hochgelegenen und eleganten Teil der Stadt. Die Protagonisten nenne ich nach reiflicher Überlegung Marta und Raniero (in meiner Erzählung verbirgt sich eine kleine boshafte Anspielung, aber ich fürchte, nur die Betroffenen werden sie erkennen).

Der Ehemann Martas ist ein bekannter Chirurg im Ospedale Maggiore. Für eine untreue Ehefrau ist das der ideale Beruf: Marta ruft im Krankenhaus an, und wenn er gerade zu operieren begonnen hat, weiß sie, daß er mindestens zwei Stunden dort festgenagelt ist. Inzwischen kann sie sogar die Dauer der verschiedenen Operationen einschätzen, sie weiß, welche eine Stunde dauern, welche zwei, welche vier.

Raniero ist mit der Tochter eines liberalen und wohlhabenden Rechtsanwaltes verheiratet, und die beiden wohnen in einer Villa in Vicofertile, einige Kilometer außerhalb der Stadt, wo der Schwiegervater ausgedehnte Ländereien besitzt. Raniero kommt fast jeden Tag in die Stadt, wo er ein Anwaltsbüro betreibt, aber oft empfängt er nicht seine Klienten, sondern trifft Marta in einer kleinen Mansarde an einer Gasse, die in die Via Solferino mündet.

Heute abend hat sich Marta mit einer Freundin verplaudert und kommt zu spät zum Rendezvous mit Raniero.

– Es ist viertel zehn, sagt er ein wenig verärgert.

– Aber nein, es ist viertel nach neun.

Raniero weiß nicht, ob er die Richtigstellung Martas als Scherz auffassen soll oder als eine ihrer kleinen Spitzfindigkeiten, die ihn oft genug ärgern. Um sich den Abend nicht zu verderben, beschließt er schließlich zu lächeln und ihr die Verspätung zu verzeihen. Dann legt er eine Platte von Louis Armstrong auf. »On the sunny side of the street«, einen melancholischen, herzzerreißenden Jazz. Er weiß, daß sich die Frauen immer wieder gern den Hof machen lassen, wie beim ersten Mal, und sei es auch nur mit einer Platte.

Draußen hat es zu schneien begonnen, und vom Bett aus können sie durch die niedrigen Fenster die Schneeflocken sehen, die im Licht der Straßenlaternen treiben. Topy, Martas Dackel, rast wie immer vor Eifersucht, wenn seine Herrin mit Raniero im Bett liegt, jault und läuft im Zimmer auf und ab. Inzwischen jault auch Marta im Bett, und Topy verbeißt sich in den Gummischlauch des Gasofens, zerrt wütend daran, bis er ihn aus dem Metallrahmen gerissen hat.

Raniero streckt schließlich entspannt und befriedigt den Arm aus dem Bett, um sich Zigaretten und Streichhölzer zu holen. Er möchte alles mit einer Hand erledigen, aber dann muß er doch den zweiten Arm unter Martas Hals hervorziehen. Jetzt endlich kann er das Streichholz anzü . . . .

Die Spaziergänger auf der Viale Solferino sehen plötzlich oben im Dunklen eine große grünliche Flamme, auf die der Krach einer Explosion folgt, und dann regnet es Scherben, Dachziegel, Balken, Schutt. Das Dach der Villa ist weggeflogen wie der Korken einer Flasche und darauf wie Hagel auf die Platanenallee und den Asphalt niedergegangen. Aus dem abgedeckten Haus kommen schreiende Menschen gelaufen. Eine Bombe. Nein, der Heizkessel. Ein Gasaustritt. Ein Kurzschluß. Die Nachbarn rufen die Feuerwehr und die Polizei. Auf der Straße bleiben Autos und Fahrräder stehen, es bildet sich eine kleine Menge. Schließlich hört man Sirenen, kommen die Feuerwehr- und Polizeiautos.

Raniero und Marta werden auf Bahren weggetragen, sie haben am ganzen Körper Verbrennungen ersten und zweiten Grades, sie sind schwarz wie zwei verkohlte Hähnchen. Noch keine Stunde ist vergangen und die Telefonleitungen sind bereits blockiert, die ganze Stadt bespricht den Vorfall und fragt sich, ob ihn am nächsten Tag die »Gazzetta« erwähnen wird. Im Lauf der folgenden Tage wird bekannt, daß ihr Mann (der berühmte Chirurg) und seine Frau (die Tochter des reichen Rechtsanwaltes) die Scheidung verlangen. Aber auch der Schaden muß bezahlt werden, die Erneuerung des Daches, die Beschädigung der Hausmauern. Zum Glück ist auf der Straße niemand von den niederprasselnden Ziegeln verletzt worden. Aber nicht nur Schadenersatz muß geleistet, sondern auch die Schande muß abgebüßt werden, denn die ganze Stadt lacht.

Personen und Handlung dieser Erzählung sind frei erfunden. Ähnlichkeiten mit der Wirklichkeit oder tatsächlich in Parma lebenden Personen sind nicht beabsichtigt, sondern allenfalls zufällig. Natürlich gibt es viele junge Frauen in der Stadt, die Marta heißen, und es ist auch nicht auszuschließen, daß eine davon mit einem Chirurgen verheiratet ist. In diesem Fall handelt es sich um reinen Zufall. Auch Raniero ist ein gebräuchlicher Name, aber selbst wenn es einen Raniero geben sollte, der mit der Tochter eines Rechtsanwaltes verheiratet ist, ist es kaum möglich, daß er sich an einem Winterabend in einer Mansardenwohnung im Solferino-Viertel aufgehalten hat, deren Dach aufgrund einer Gasexplosion in die Luft geflogen ist. Alles ist natürlich möglich, aber selbst dem Zufall sind Grenzen gesetzt. Der Dackel Topy ist ein reines Produkt meiner Phantasie, und auch wenn es sich um ein geistloses Wesen handelt, ist seine Anwesenheit in meiner Geschichte unumgänglich. Man weiß nicht, welches Ende dieses Phantasieprodukt gefunden hat. Ich habe mich nicht mehr um ihn gekümmert, sobald er seine Funktion innerhalb der Geschichte erfüllt hatte. Sollte jemand noch immer den Verdacht hegen, es handle sich um eine wahre Begebenheit, von der er sogar in der Stadt hat reden hören, kann er ja die Jahrgänge der »Gazzetta« durchblättern und die Lokalseiten kontrollieren. Natürlich ist nicht auszuschließen, daß es Vorfälle gibt, die dem aus meiner Geschichte ähneln, aber bekanntlich ähneln sich alle Fälle, die in die lokale Berichterstattung eingehen. Es wäre eine absurde Forderung, daß jemand, der eine Geschichte erfindet, darauf achten müsse, daß sich in Wirklichkeit keine Fälle zugetragen haben, die dem von ihm erfundenen ähneln. Somit sei ein für allemal klargestellt: die Mansarden-Geschichte ist nichts anderes als eine Erfindung von mir, geboren aus dem Bedürfnis, meine Klatsch- und Rachegelüste zu stillen, aber niemand zwingt mich, zu meiner Rechtfertigung auch die persönlichen Gefühle darzulegen, die mich bewogen haben, diese Geschichte zu schreiben. Das wäre hier weder der richtige Ort noch die Gelegenheit.

Strategie

Um die Anzeichen der Müdigkeit wahrzunehmen, genügen mir ein paar winzige Indizien. Nach außen hin ist Margherita liebevoll wie immer: sie hilft mir, eine Krawatte auszuwählen, wenn wir abends ausgehen, sie löst mich beim Autofahren ab, wenn ich müde bin, sie packt sorgfältig die Koffer, wenn wir verreisen, sie begleitet mich, wenn ich mir Schuhe oder einen Anzug kaufe, und jedes Jahr zu Weihnachten macht sie mir ein Geschenk, wobei sie mir die Wünsche von den Augen abzulesen versucht. Aber mir ist einiges aufgefallen: sie ist oft zerstreut, wenn ich mit ihr spreche, und anstatt zu antworten, redet sie wirres Zeug, abends ist sie nicht mehr so gern mit mir allein zu Hause, und morgens beim Frühstück hat sie mir nichts zu sagen und liest statt dessen die Überschriften in der Zeitung. Unser Gesprächsstoff hat sich erschöpft und beschränkt sich inzwischen auf kleine praktische Probleme, während wir früher über Philosophie und Politik sprachen, uns über unsere Lektüre unterhielten oder über unsere Freunde tratschten. Außerdem ist mir aufgefallen, daß Margherita zwanzig Telefongespräche führt, bevor wir ins Kino oder ins Theater gehen, um ja einen Freund zu finden, der uns begleitet, und im Bett hat sie allzu oft Kopfweh. Und sie ist ständig müde, am liebsten würde sie nur schlafen. Wir führen eine erfolgreiche Ehe, aber seitdem uns unser Sohn links liegen läßt und die Gesellschaft seiner Freunde der unsrigen vorzieht, schlittern wir immer mehr in eine Atmosphäre der Müdigkeit,

Schläfrigkeit und geradezu Langeweile. Margherita langweilt sich mit mir, und ihre Langeweile ruft in mir eine Langeweile hervor, die sich direkt proportional zu der ihren verhält. Also, habe ich mir gesagt, somit wäre der Augenblick gekommen, in dem ich etwas tun muß, um die bevorstehende Ehekrise zu verhindern.

Gemeinsam eine Reise unternehmen? Ich habe ihr Indien vorgeschlagen, und sie gab mir zur Antwort, Indien sei ihr völlig egal. Ich habe versucht, ihr Ägypten und die Pyramiden nahezubringen, den Karneval in Rio, die Seychellen, die norwegischen Fjorde, eine Autotour durch Spanien, eine Woche Paris. Margherita verzog bei jedem Vorschlag den Mund. Ich begriff, daß der Tourismus keine Lösung für unsere Eheprobleme bot. Inzwischen hatten sich zur Schläfrigkeit und Müdigkeit auch Alpträume gesellt. Hin und wieder wache ich mitten in der Nacht auf, weil sich Margherita im Schlaf herumwirft und schreit. Oft träumt sie von einem Chinesen, der sie vergewaltigen möchte, oder von einem Schwarzen, der sie auspeitscht. Letzte Nacht träumte sie, ich hätte mich am Lampenschirm im Speisezimmer erhängt. Noch etwas: Während sie am Tag immer müde ist und manchmal beim Fernsehen einschläft, wird sie von Schlaflosigkeit gepeinigt, sobald wir im Bett sind, und so hat sie begonnen, Schlafmittel zu schlucken. Der Schlaf ist das Warnlicht des Nervensystems, und das Nervensystem ist das Warnlicht der Ehekrisen.

Ich habe versucht, sie für meine Arbeit zu interessieren. Ich bin in einer großen Ölgesellschaft für die Auslandsbeziehungen zuständig, Beziehungen gewissermaßen diplomatischer Art, zur Vorbereitung geschäftlicher Treffen. Ich könnte in den Sektor Internationale Abkommen, Forschung, Maschinenpacht, Technologietransfer und Finanzgeschäfte überwechseln. Natürlich gibt es für alle diese Bereiche ein eigenes Büro, aber meine Aufgabe wäre es, die einzelnen Initiativen zu koordinieren und zu überwachen. Der Leiter des Büros wird bald in Pension gehen, ich könnte vielleicht seinen Posten übernehmen. Ich habe mit Margherita darüber gesprochen, aber sie sagte: Wer veranlaßt dich dazu? Du verdienst ohnehin schon genug, und ich sehe keinen Grund, warum du dich in ein Gestrüpp von Intrigen und Mühen stürzen willst. Einverstanden. Ich hätte es ihr zuliebe getan, um ihre Ambitionen zu befriedigen, aber ich begriff, daß auch dies nicht der richtige Weg war, unsere Ehe zu retten.

In manchen Situationen ist der Mensch mit sich allein, muß er seine Entscheidungen in der Einsamkeit des Ichs treffen. Wenn unsere Ehe in Gefahr ist, sagte ich mir, dann kann die Lösung keine äußerliche sein, sondern muß auf das engste mit unserer Beziehung zusammenhängen. Und so habe ich beschlossen, ihre Eifersucht zu provozieren. Ich weiß nicht, von wem der Ausspruch stammt, die Eifersucht sei das Salz der Ehe, entweder von Shakespeare oder von Pitigrilli, aber es scheint wahr zu sein, auch meine Intuition bestätigte es mir, und die ist mehr wert als Shakespeare und Pitigrilli zusammen. So beschloß ich, Margherita eifersüchtig zu machen.

Ich wandte die klassische Sekretärinnen-Strategie an. Da man meine Sekretärin, so effizient und intelligent sie auch sein mag, nicht gerade als attraktives Mädchen bezeichnen kann, warf ich ein Auge auf die Sekretärin eines meiner Angestellten vom Sektor Lateinamerika. Sie ist ein zwangloses und unvoreingenommenes Mädchen, das schon bei den verschiedensten Gelegenheiten Sympathie für mich bekundet hatte. Ich lud sie ein, mit mir bei Ranieri zu essen, einem Restaurant, wo man mich kennt und das ich hin und wieder mit Freunden und Margherita besuche. Aber dann änderte ich die Taktik. Um einen Seitensprung vorzutäuschen, sagte ich mir, darf ich nicht mit offenen Karten spielen, darf ich mich nicht öffentlich zeigen. Die erste Regel muß lauten: Diskretion.

Für Margherita habe ich eine Ausrede gefunden, die zwar wahrscheinlich klang, aber auch nicht allzu sehr. Ich sagte ihr, daß gerade viele ausländische Kollegen auf Durchreise in Rom seien, und ich begann, zwei- oder dreimal die Woche abends wegzubleiben. Margherita schöpfte entgegen meinen Erwartungen keinen Verdacht. Ich und Gioia – so heißt die Sekretärin meines Angestellten – besuchten Restaurants in Trastevere und an der Appia Antica, wo wir uns unter die vielen Leute mengten und wo die laute Atmosphäre und die Musik der Straßenmusikanten dazu beitrugen, unsere Zuneigung zu vergrößern. Gioia schien wirklich gern mit mir auszugehen, und wir blieben immer lang an unserem Tisch sitzen, bis sie mir eines Abends vorschlug, bei ihr zu Hause einen Whisky zu trinken. Das erschien mir als ganz natürlich, und wenn ich schon einen Seitensprung vortäuschen mußte, kam diese Einladung genau im richtigen Moment.

Ich fürchtete, Gioias Wohnung wäre eine der vielen, etwas traurigen Absteigen, in denen für gewöhnlich Mädchen hausen, die weder Zeit noch Geld noch den nötigen Geschmack besitzen, um sich eine ordentliche Wohnung einzurichten. Vor meiner Hochzeit hatte ich derartige Absteigen frequentiert: Manche Mädchen waren bereit, alles Mögliche in ihrem Bett zu treiben, wären jedoch nie in das Bett eines Junggesellen gestiegen. Den Unterschied habe ich nie begriffen. Ich war also auf ein ödes, armseliges Quartier gefaßt, mit Strohmatten auf dem Fliesenboden, alten Postern an den Wänden, Nylonlaken und einem Gasofen, um einen Teller Spaghetti zu kochen oder Kaffee zu wärmen. Statt dessen fand ich eine Wohnung vor, die zwar klein war, dafür aber auf das Pantheon blickte, mit antiken Möbeln, ein paar schönen Teppichen, zwei hübschen Stilleben aus dem 17. Jahrhundert, alten Stichen, Lithographien von Braque, Matisse, Fontana, und einem schönen eineinhalbschläfrigen Empirebett im Schlafzimmer, das zwar winzig, aber recht komfortabel war: mit gebohnertem Parkettboden und eleganter Blumentapete. Gewiß stammte dieses Mädchen aus einer bürgerlichen Familie und besaß ausreichend Bildung: in ihrer Bibliothek standen eine gute Klassikersammlung, einige Franzosen im Original und ein paar ausgewählte italienische Neuerscheinungen. Kurz und gut, sie war das ideale Mädchen, um meine Frau eifersüchtig zu machen und meinen vorgetäuschten Seitensprung in die Wege zu leiten. Denn – dies war der springende Punkt – ich wollte nur so tun, als würde ich Margherita betrügen. Ich war noch immer in sie verliebt und ich machte Gioia nur deshalb den Hof, um unsere Ehe zu retten.

Zuerst bot mir das Mädchen einen Whisky mit Eis an, dann fragte sie mich, ob ich als Untermalung lieber ein Konzert von Mozart hören wolle oder von Vivaldi. Als Untermalung wovon, fragte ich mich. Ich sagte: Vivaldi, natürlich Vivaldi. Sie legte »La cetra op. 9«, Konzert Nr. 12 auf, gespielt vom Stuttgarter Orchester. Bei dieser Wahl hatte der Teufel seine Hand im Spiel: Immer wenn ich dieses Konzert höre, fühle ich eine leichte Erregung und lasse mich zu einem herzlichen und optimistischen Verhalten hinreißen, wie von einer Droge. Wir blieben eine Zeitlang auf dem Diwan sitzen, bis es mir als ganz natürlich erschien, den Arm um ihre Schultern zu legen und sie zu küssen. Ich habe sie geküßt. Gioia begann sich auf dem Diwan herumzuwerfen, sich an mich zu drücken, eigenartige Winsellaute auszustoßen, die uns veranlaßten, innerhalb weniger Minuten auf das Empirebett hinüberzuwechseln. Ich hätte nie gedacht, daß Gioia hinter ihrem freundlichen und bescheidenen Äußeren eine derart ungezügelte Sinnlichkeit verbarg. Ein Erdbeben.

Ich bin von Natur aus treu, ich hasse den Ehebruch. Ich bin davon überzeugt, daß ein Seitensprung den nächsten nach sich zieht und dann noch einen, und auf diese Weise gehen die meisten Ehen in die Brüche. Und auch wenn der Ehepartner bereit ist zu verzeihen, wird er die erstbeste Gelegenheit nutzen, sich zu rächen. Das ist die menschliche Natur. In meinem Fall ging es jedoch durchaus nicht um einen üblichen Ehebruch, sondern um ein listig geplantes Täuschungsmanöver, um den kleinen Funken der Eifersucht hervorzurufen, der im Gegenteil die eheliche Beziehung belebt und stärkt. Die körperliche Vereinigung mit Gioia war nur ein unbedeutendes Detail im umfassenden Schlachtplan meiner ehelichen Strategie.

Nach diesem Abend fragte ich mich, ob ich etwa bei meinem Täuschungsmanöver ein wenig übertrieben hatte. Nein, ich hatte mich bloß den Umständen angepaßt, und somit hatte ich mir wirklich nichts vorzuwerfen. Je aktiver ich mich an meinem Täuschungsmanöver beteiligte, desto größer war die Wahrscheinlichkeit, daß mir Margherita dank der weiblichen Intuition auf die Schliche kam und endlich aus ihrer Apathie erwachte. Aber ganz im Gegenteil, nichts. Ich und Gioia hatten sogar zwei bestimmte Tage in der Woche für unsere Treffen festgelegt, Dienstag und Donnerstag, aber Margherita wollte sich einfach nicht dazu entschließen, einen Verdacht zu schöpfen. Dienstags und donnerstags kommen die Araber, hatte ich zu ihr gesagt. Immer an denselben Tagen? Und ich hatte ihr mit einem derart zögernden Ja geantwortet, daß einfach jeder Verdacht geschöpft hätte. Margherita hingegen sagte, sehr gut, da spiele ich an diesen Tagen mit meinen Freundinnen Bridge.

Dienstags und donnerstags kam ich immer um ein oder zwei Uhr nachts nach Hause. Margherita schlief friedlich, sie hatte keine Alpträume mehr, sie litt nicht mehr an Schlaflosigkeit: Wahrscheinlich beruhigt das Bridgespielen ihre Nerven, sagte ich mir, fehlt nur noch ein Hauch von Eifersucht. Letztendlich war dies der Zweck meines inszenierten Verhältnisses mit Gioia. Natürlich ließ mir die Beziehung zu einem Mädchen mit derart überschäumender Sinnlichkeit kaum noch Energien für Margherita, aber nicht einmal das machte sie argwöhnisch. Also hatte ich keine andere Wahl als das Täuschungsmanöver fortzusetzen. Eines Tages ließ ich auf dem Tisch im Flur ein Paket mit einem Kaschmirschal für Gioia liegen. Margherita öffnete es, und als ich aus dem Büro nach Hause kam, fragte sie mich, für wen der Schal bestimmt sei. Ich hätte ihr ganz einfach weismachen können, daß ich ihn für sie gekauft hatte, statt dessen sagte ich, er sei für die Frau eines meiner Araber bestimmt. Margherita wickelte den Schal wieder sorgfältig ein, und ich brachte ihn am nächsten Tag Gioia, die ich inzwischen auch während der Bürostunden traf.

Natürlich hatten meine Kollegen bemerkt, daß zwischen mir und Gioia etwas war, aber sie waren sehr vorsichtig und ließen sich nicht einmal zu einer Anspielung hinreißen, wenn Margherita mich anrief oder im Büro abholte. Eine übertriebene Diskretion, die dazu beitrug, die von mir beabsichtigte Eifersucht in noch weitere Fernen zu rücken. Aber ich lasse mich nicht schnell entmutigen, ich habe eine unendliche Geduld, die ich im Umgang mit den Arabern erlernt habe, mit denen ich manchmal wirklich ausging, nur nicht dienstags und donnerstags. Inzwischen traf ich Gioia weiterhin zweimal die Woche, wir gingen zusammen essen, manchmal außerhalb von Rom, und dann zu ihr nach Hause, wo wir sofort ins Bett stiegen.

So ging es ein Jahr lang dahin, und ich fragte mich, wie lange ich mein Täuschungsmanöver noch fortsetzen mußte. Das Verhalten Margheritas verwirrte mich sehr. Sie akzeptierte meine Abwesenheit, mein spätes Heimkommen und meine Zerstreutheit, denn inzwischen war auch ich etwas zerstreut und gedankenlos geworden.

Ich hatte das Gefühl, daß mein Eheleben, das mir mehr wert war als alles andere, an der totalen Gleichgültigkeit

Margheritas zerschellte, zu der sich nun auch zeitweise die meine gesellte. Aber bei mir handelte es sich um vorübergehende Gemütszustände, denn in Wahrheit war ich noch immer verzweifelt darauf bedacht, sie eifersüchtig zu machen.

Im April mußte ich nach Berlin fahren, um eine Begegnung des Generaldirektors der Gesellschaft mit führenden Vertretern der ostdeutschen Industrie vorzubereiten. Manchmal hatte ich auf diese Reisen Margherita mitgenommen, aber diesmal begleitete mich Gioia. Sie war eine entzückende Reisegefährtin. Morgens mußte ich verschiedene Versammlungen besuchen, um die Themen des Treffens auszuarbeiten, Dokumentarmaterial zu sammeln, das Arbeitsprogramm festzulegen. Nachmittags gingen wir gemeinsam im Charlottenburger Schloßpark spazieren oder besuchten Museen. Zweimal stiegen wir in den Keller des Antikenmuseums hinab, um den Goldschatz und Silbermünzen aus der Zeit der Griechen, Römer und Etrusker zu besichtigen, die in einem Bunker mit Panzerglasscheiben aufbewahrt werden. Ich stellte fest, daß hier, so weit weg von Rom, mein Täuschungsmanöver völlig zwecklos war, aber die Entfernung trieb uns in die Arme des anderen. So verbrachten wir nicht nur die Nächte, sondern manchmal auch den Nachmittag in unserem Hotelzimmer und widmeten uns diversen erotischen Spielen, bis wir erschöpft einschliefen. Die erregende und perverse Berliner Atmosphäre hatte die erotische Phantasie Gioias entfesselt. Ich dachte jedoch nach wie vor an meine ehelichen Probleme mit Margherita.

Ich kam sehr müde und erschöpft nach Rom zurück. Margherita bemerkte es sofort, dachte jedoch an nichts anderes als an die Überanstrengung aufgrund der Arbeit. Trotz meiner Bemühungen mußte ich feststellen, daß unsere Ehe inzwischen auf Sparflamme brannte, ohne Erschütterungen, ohne Gefühle, ohne Liebe. Das war die traurige Wahrheit. Seltsam genug: Margherita schien in dieser Situation aufzublühen, sie hatte sogar ein wenig zugenommen, war lebhafter und fröhlicher. Sie bewegte sich jedoch wie in einer eigenen Welt, als wäre ich abwesend. Sie war noch immer freundlich und auch liebevoll zu mir, aber die Freundlichkeit und die Zuneigung waren offensichtlich nur äußerlich, gehörten zu einem ehelichen Ritual, das wir uns um des häuslichen Segens willen auferlegt hatten.

Ich traf Gioia noch immer zwei- bis dreimal die Woche. Seit Berlin hatte unsere Erotik immer kompliziertere und phantasievollere Formen angenommen, die manchmal geplant, manchmal improvisiert waren. Gioia hatte im Bett eine unerschöpfliche Phantasie und außerordentliches Temperament. Margherita spielte nach wie vor Bridge, oder zumindest glaubte ich das, bis ich entdeckte, daß sie einen Liebhaber hatte, die Sau. Eine im übrigen völlig zufällige und erschütternde Entdeckung, denn ein Seitensprung Margheritas wäre mir absolut nicht in den Sinn gekommen.

Trotz meines guten Willens, trotz all meiner Versuche, unsere Ehe zu retten, trotz meiner mühseligen Täuschungsmanöver, die ihre Eifersucht hervorrufen sollten, hatte mich Margherita allen Ernstes betrogen. Nun gab es keine Rettung mehr für unsere Ehe. Schiffbruch.

Ich machte kein Drama daraus, ich versuchte, die instinktive Gewalttätigkeit zu unterdrücken, die in diesen Fällen so viele Männer den Kopf verlieren läßt. Mit Hilfe Gioias, die mir bei dieser Gelegenheit eine wertvolle Gefährtin war, gelang es mir, die Kränkung, die Demütigung, die Wut und den Schmerz zu überwinden. Ich weiß nicht, was ich ohne sie getan hätte.

Wir, ich und Margherita, beschlossen uns zu trennen, wenn schon nicht in Freundschaft, so doch als zivilisierte Menschen. Ich habe ihr die zweistöckige Dachwohnung mit den drei Badezimmern und Toiletten im Zentrum Roms überlassen, in der wir viele Jahre zusammen gewohnt hatten, und zog zu Gioia, in ihre kleine, aber gemütliche Wohnung, wo ich versuchen werde, ein langes und zermürbendes Täuschungsmanöver Wirklichkeit werden zu lassen.

Das Plagiat
Erzählung in Form eines Alptraums

Eine Komödie, ein Traum, oder eine Tragödie? Procopio hatte eine unruhige Nacht hinter sich, er glaubte sich an einen schrecklichen Traum zu erinnern, aber er war sich auch sicher, lange gelacht zu haben. Er erinnerte sich jedoch an kein einziges Bild des Traums, es war ihm nur eine vage Empfindung von Angst geblieben. Für gewöhnlich gelang es ihm, die Träume nach ihren Bildern zu rekonstruieren, doch Empfindungen sind transparent und ungreifbar wie Luft. Procopio sprang für gewöhnlich sofort aus dem Bett, sobald er munter war, aber diesmal blieb er liegen, an das eiserne Kopfteil des Betts gelehnt, ohne daß er den Wunsch verspürt hätte aufzustehen. Es fiel ihm schwer, dieses eigenartige Unbehagen abzuschütteln, eine große Leere in seinem Kopf, und er fühlte sich wie angesogen von der nächtlichen Angst und der Müdigkeit. Ein Traum, eine in Einsamkeit erlittene Tragödie wie auf der Bühne. Ein leichter Juckreiz auf der Wange hätte ihm die Bilder der Nacht beinahe ins Gedächtnis zurückgerufen, dann wieder das Nichts. Aber warum verspürte er den dringenden Wunsch, mit der Erinnerung zu spielen? Ein schlechter Traum, sagte er sich, es war besser, ihn zu vergessen.

Procopio stieg mit unsicheren Beinen aus dem Bett, er fühlte sich eigenartig leicht, aber dieses Gefühl, der Schwerkraft zu entfliehen, kannte er bereits von früher. Eines Tages werde ich fliegen wie ein Vogel, dachte er bei sich, aber das war kein tröstlicher und alles in allem nicht einmal ein angenehmer Gedanke. Er ging zum Fenster, um die Morgenluft hereinzulassen, er war gerade dabei, es zu öffnen, als er plötzlich den Griff in der Hand hielt. Er öffnete das Fenster mit den Händen, dann begutachtete er neugierig das Loch, das anstelle des Griffs geblieben war: Auf der Innenseite war das Holz völlig verrottet. Es war ihm noch nie aufgefallen, daß die Fenster bereits derart morsch waren. Er inspizierte das Loch bei Tageslicht und stellte fest, daß sich im Inneren eine dunkle, schwammige und feuchte Masse befand. Äußerlich hatte das Holz sein normales Aussehen bewahrt, schien intakt zu sein, doch in Wirklichkeit war unter dem glänzenden Lack nur mehr eine dünne Schicht übriggeblieben. Procopio erinnerte sich an abmontierte Balken aus seinem Landhaus, die im Inneren von den Holzwürmern völlig zerfressen waren und nur mehr aus Staub bestanden, obwohl sie von außen einen unversehrten Eindruck machten. Bei diesem Fenster hatte sich das Innere des Holzes zwar nicht in Staub verwandelt, sondern in eine feuchte und schwammige Masse. Eigenartig, er hatte nie etwas bemerkt, das Ganze mußte wohl in einer einzigen Nacht passiert sein.

Procopio drückte an einer anderen Stelle des Fensters mit dem Finger leicht dagegen und stellte fest, daß er sofort die dünne äußere Schicht durchbrach. Als er ihn zurückzog, war der Finger von einem dunklen Brei überzogen. Er berührte das andere Fenster, drückte wieder leicht dagegen, und der Finger versank im Morsch. Er ging sofort ins Bad, um sich mit Seife zu waschen, denn auf seinem Finger war eine dünne Schicht dieses klebrigen Stoffes zurückgeblieben. Er trocknete sich sorgfältig die Hände, und dann ging er zum Badezimmerfenster und drückte auch dort leicht mit dem Finger dagegen. Wie bei den Fenstern im Schlafzimmer gab das Holz sofort nach, aber Procopio zog den Finger zurück, um sich nicht wieder schmutzig zu machen. Die Sache machte ihn noch immer stutzig, aber er wußte nicht, ob es eher Staunen und Unbehagen war oder vielmehr Ekel. Einen Augenblick lang glaubte er zu träumen. Aber dann sagte er sich, daß es wohl bloß der Wunsch war zu träumen.

Er ging ins Schlafzimmer zurück und blieb dort stehen, um über das seltsame Phänomen nachzudenken. Möglicherweise handelte es sich einfach um eine Holzkrankheit. Er wußte, daß ein abgesägter und wieder aufgestellter Baumstamm selbst nach vielen Jahren noch »weiterleben« und sich unmerklich bewegen kann, bis seine Lebensprozesse abgeschlossen sind. Holz lebt, und auf dieselbe Weise wird es krank und stirbt. Zweifellos war das Holz der Fenster von einer Krankheit befallen, wodurch es zerfiel und verfaulte.

Er beschloß, mit seiner Inspektion fortzufahren. Er ging zum Schrank und legte den Finger darauf. Das Holz schien mehr Widerstand zu leisten als das der Fenster. Er drückte heftiger und der Finger durchbrach die Oberfläche und drang tief ins Holz ein. Als Procopio ihn zurückzog, war er wieder mit dieser ekelhaften Masse überzogen. Bevor er ins Bad ging, um sich zu waschen, hielt er ihn an die Nase. Er glaubte einen unangenehmen Geruch wahrzunehmen, wie von verfaulenden Äpfeln. Er lief ins Bad und wusch sich wieder mit Seife. Nein, er träumte nicht.

Er blieb ein paar Augenblicke vor dem Spiegel stehen. Er war leichenblaß. Vielleicht war er so blaß, weil ihn dieses Phänomen, das er bei sich ohne Zögern als monströs bezeichnet hätte, so sehr verstörte. Oder waren es die Träume, die ihn in der Nacht gepeinigt hatten? Procopio ging ins Zimmer zurück und berührte jeden einzelnen Gegenstand. Eine Porzellanvase, eine Metalldose, die Tapeten an der Wand. Das Metall und auch das Porzellan waren unversehrt, aber die Tapeten waren zu Staub geworden. Wenn man an ihnen rieb, zerbröckelten sie und fielen zu Boden, und darunter wurde der nackte Verputz sichtbar. Es handelte sich also nicht um eine Holzkrankheit, sondern um etwas, das auch andere Materialien zerstörte.

Er setzte sich aufs Bett und blieb lange sitzen. Er war nicht imstande, die Zeitdauer abzuschätzen, vielleicht blieb er fünf, vielleicht auch zehn Minuten sitzen, mit geschlossenen Augen, und er versuchte, die Müdigkeit abzuschütteln und mit den Göttern in Verbindung zu treten. Keine Erleuchtung kam von oben. Mit mehr Sinn für das Praktische fragte er sich dann, wen er um eine Erklärung bitten konnte. Einen Tischler? Einen Chemiker oder Botaniker? Einen Arzt? Beim Gedanken an den Arzt mußte er lächeln. Das Holz meiner Wohnung ist krank, was kann man dagegen tun? Und der Arzt würde Medikamente verschreiben, um diese seltsame Krankheit zu heilen. Konnte man jedoch auf Heilung hoffen? In Wahrheit gab es keine Rettung für das Holz und die Tapeten. Diese Materialien, sagte er sich, waren wahrhaftig »tot«. Bei dieser Vorstellung, die alles andere als komisch war, begann er zu lachen.

Lustlos wollte Procopio vor dem Ankleiden noch ins Bad gehen, doch dann beschloß er, daß er heute zu Hause bleiben und sich ausruhen würde. Die Knochen taten ihm weh, und außerdem verspürte er einen diffusen inneren Schmerz, möglicherweise ein Zeichen von Fieber. Vielleicht bekam er eine Grippe, aber das andere? Es war keine Erklärung für das, was ihn interessierte. Er nahm das Thermometer und steckte es sich unter die Achsel. Als er es wieder herausnahm, zeigte es fünfundzwanzig Grad. Ich werde es schlecht gehalten haben, sagte er sich, Fieber habe ich jedenfalls keins. Er sah noch einmal in den Spiegel und fühlte sich wieder unbehaglich angesichts dieser Leichenblässe. Was für ein häßliches Wort, sagte er zu sich, manche Worte sollten abgeschafft werden oder sich zumindest nur auf andere beziehen, niemals auf den Sprecher selbst. Aber mehr als die Blässe beunruhigte ihn die Leere, die er in seinem Inneren verspürte und das unangenehme Gefühl, sich kaum auf den Beinen halten zu können. Er stützte sich auf das Waschbecken und blieb dort lange Minuten stehen. Dann nahm er die Zahnbürste, um sich die Zähne zu putzen, überlegte es sich jedoch. Es war besser, sich solange aufs Bett zu legen, bis er wieder bei Kräften war, dann würde er in die Küche gehen und sich einen Kaffee kochen. Es passierte ihm oft, daß er sich am Morgen vor dem Kaffee schwach fühlte. Einmal war er in der Nacht aufgestanden und hatte sich an einem Möbelstück festhalten müssen, um nicht hinzufallen. Eine Folge des niedrigen Blutdrucks.

Anstatt ins Zimmer zurückzugehen, machte Procopio einen Schritt nach vorn und stieg auf die Badezimmerwaage. Er wußte selbst nicht, warum er sich von der Waage angezogen fühlte. Früher einmal, als er abnehmen wollte, hatte er sein Gewicht kontrolliert, aber im Augenblick hatte er keine Gewichtsprobleme, er hatte sogar ein wenig zu viel abgenommen. Er betrachtete den Zeiger, der sich bei fünfundzwanzig Kilo einpendelte. Er stieg noch einmal auf die Waage. Der Zeiger schwankte hin und her und blieb wieder bei fünfundzwanzig Kilo stehen. Procopio spürte einen jähen Stich im Herz. Er blieb einen Augenblick unbeweglich stehen, dann führte er einen Finger an die Wange und übte mit der Fingerspitze einen leichten Druck aus. Der Finger drang der Länge nach ins Fleisch ein. Procopio zog ihn entsetzt zurück, hielt ihn vor die Augen: Er war mit jener eigenartigen weichen und klebrigen Masse überzogen, wie zuerst, als er im Morsch des Fensters versunken war.

Nun verläßt Procopio den Schauplatz des Geschehens und statt dessen trete ich auf, der Autor dieser Erzählung. Den Regeln nach müßte der Autor jetzt seine Unterschrift unter die Erzählung setzen und gehen. Ich gehe jedoch nicht, sondern stehe hier und zögere, meine Unterschrift darunterzusetzen, denn ich habe meine Schwierigkeiten mit diesem Text, der meine Schreibmaschine fast gegen meinen Willen verlassen hat. Denn es handelt sich nicht um eine Erzählung, sondern um eine »tatsächliche« Begebenheit. Das mag als Übertreibung erscheinen, was es auch ist, aber wenn ich sage, daß ich diese Erzählung geträumt habe, heißt das, daß ich sie wirklich erlebt habe, daß sie Teil meiner Erfahrung ist, denn unsere Träume gehören uns, sind Teil unseres Lebens.

Ich konnte der Versuchung nicht widerstehen, diesen Traum niederzuschreiben, als wäre er eine Erzählung, ohne etwas hinzuzufügen oder wegzulassen, sondern indem ich einfach die Bilder in Worte umsetzte und dem Protagonisten einen Namen gab. Ich hätte sie auch in erster Person schreiben können, aber das habe ich deshalb nicht getan, weil ich meine literarischen Ambitionen auch für diesen Text geltend machen wollte. Jetzt hingegen schreibe ich in erster Person über mich. Aber ganz so einfach liegen die Dinge nicht: In Wirklichkeit konnte ich diesen Traum nicht in erster Person erzählen, weil der Protagonist am Ende entdeckt, genauso »tot« zu sein wie das Holz der Fenster, und Tote schreiben keine Erzählungen. Oder vielleicht habe ich dem Protagonisten auch nur deshalb einen Namen gegeben, um diesen schrecklichen Traum von meiner Person zu distanzieren, um eine Fluchtmöglichkeit zu haben.

Wer weiß, was ich unter Erfahrung verstehe. Diese Frage stelle ich mir, weil mein Leben sich lange Jahre aus Büchern genährt hat. Ich las nur schöne Literatur, hunderte von Romanen und Erzählungen aller Art, aber auch Komödien und Tragödien und die Geschichten der antiken Historiker, als wären es Märchen. Ich nahm an den romantischen Verstrickungen so regen Anteil und versetzte mich so heftig und präzise in die Personen, daß meine Lektüre tatsächlich zu einer gelebten Erfahrung wurde. Bei der Lektüre der Geschichten, die in diesen Büchern beschrieben wurden, empfand ich eine unbeschreibliche, konkrete und herzliche Lust, wie es auch Don Quixote mit den Ritterepen ergangen war. Mit dem einzigen Unterschied, daß ich mich in allen Gefilden der Literatur umtat, ich wurde der Reihe nach zum Protagonisten sämtlicher Produkte der anspruchsvollen und weniger anspruchsvollen Romanliteratur, die ich mit unersättlicher Gier verschlang, ohne die geringsten Vorbehalte methodischer Art und ohne kulturelle Barrieren. Ich interessierte mich nie für die Autoren, noch wollte ich wissen, in welcher Epoche meine Geschichten geschrieben worden waren, ich las ohne jegliches Programm, wie der Wind fuhr ich von den Russen zu den Franzosen, von den deutschen Romantikern zu den italienischen Novellisten, von Malombra zu Michael Strogoff, von Nils Holgersson zu Regula Amrain. Die Lektüre war ein fliegender Teppich, der mich schnell und geräuschlos zu den Orten der Phantasie brachte, der einzigen bewohnbaren und freundschaftlich gesinnten Realität.

Ich las alles, von morgens bis abends, ich las auch in der Nacht, und am folgenden Tag begann ich wieder zu lesen, wie ein Kranker, wie ein Drogensüchtiger, der auf seine Droge nicht verzichten kann. Durch das viele Lesen hatte ich meine Augen ruiniert, hatte viele Freunde und meine Verlobte verloren, und dann heiratete ich fast aus Versehen eine Mexikanerin auf Durchreise, und wie aus Versehen wurde ich betrogen und verlassen. Es gelang mir nicht, am sogenannten wirklichen Leben teilzuhaben, denn mein Leben spielte sich woanders ab, auf den Seiten der Bücher.

An einem gewissen Punkt beschloß ich aus irgendeinem Grund, vom Lesen zum Schreiben überzugehen. Ein schwieriger Schritt. Auch ich wollte Erzählungen und Romane schreiben, aber nach einigen Anläufen stellte ich fest, daß ich immer wieder Geschichten schrieb, die bereits von anderen geschrieben worden waren, und die ich schon irgendwo gelesen hatte. Also zwang ich mich dazu, nur Geschichten zu schreiben, die ich selbst erlebt hatte, aber ich hatte fast nichts erlebt und erlebte auch nichts, weil ich mein Leben damit zugebracht hatte zu lesen und die in den Büchern festgehaltenen Geschichten nachzuempfinden. In einem Heft hatte ich die Titel der Romane und Erzählungen notiert, die ich gerne geschrieben hätte, aber meine Seiten füllten sich immer wieder mit Geschichten, die bereits ein anderer geschrieben hatte. Ich fragte mich, wo denn die Welt sich befände, und fand natürlich keine Antwort.

Schließlich glaubte ich, ich könnte das Hindernis überwinden, indem ich meine Träume niederschrieb. Die Träume schienen mir ein unberührtes Feld zu sein, eine ausschließlich persönliche Erfahrung, wenn auch manchmal schwer zu erschließen und geheimnisvoll, jedoch nicht von Leseerfahrungen verseucht. Ich begann, jeden Morgen meine Träume aufzuschreiben. Ich träume sehr viel, und im Gegensatz zu Procopio erinnere ich mich an meine Träume, denn die Seiten füllten sich fast wie von allein, Tag für Tag. Ich weiß nicht, ob ich dieses Traumbuch je veröffentlichen werde, aber das ist von geringer Bedeutung. Denn es ist mir gelungen, ein ganz »persönliches« Buch zu schreiben, indem ich die Geschichten erzählte, die ich erlebt hatte und kein anderer, wenn auch im Traum.

Die Erzählung von Procopio ist nichts anderes als ein Traum. Ich träumte ihn eines Nachts in meinem Bett, im Januar vor einigen Jahren. Ich erinnere mich, daß ich an jenem Morgen sehr müde und ein wenig beunruhigt aufstand, im Bann eines eigenartigen Unbehagens, einer großen Leere im Kopf, und ich fühlte mich wie angesogen von der nächtlichen Angst und der Müdigkeit. Manche Theaterstücke, besonders die von Strindberg, haben eine ähnliche Wirkung auf mich. Ich stieg mit unsicheren Beinen aus dem Bett, um das Fenster zu öffnen, aber in dem Augenblick, als ich den Griff anfassen wollte, hielt ich inne: Ich hatte Angst, es könnte sich in Wirklichkeit wiederholen, was mir im Traum passiert war.

Ich habe die Träume nie für besonders bedeutsam gehalten, ich glaube nicht, daß sie uns etwas erklären können, daß sie unsere geheimen Wünsche deuten, und schon gar nicht die Zukunft. Aber in irgendeinem Verhältnis zu unserem Leben müssen sie wohl stehen, denn immerhin werden sie von unserem Geist hervorgebracht, und meine Träume unterscheiden sich von denen der anderen Menschen. Ich stand vor meinem Schlafzimmerfenster und wußte nicht, ob ich es öffnen sollte, um die Morgenluft hereinzulassen. In dem Augenblick, in dem ich den Griff anfassen wollte, war ich beinahe paralysiert von diesen Gedanken, die mich sonst nicht im mindesten beunruhigt hätten. Und wenn ich ihn plötzlich in der Hand hielte wie Procopio? Ich wußte, daß dies unmöglich war, aber wenn es möglich gewesen wäre, mich von dieser Situation zu distanzieren und einen anderen an meiner Stelle zurückzulassen, hätte ich es nur allzu gern getan. Ein kalter und einsamer Wunsch, nichts anderes.

Ich schrieb meine Träume nach wie vor sorgfältig nieder, aber seit einiger Zeit hatte ich den schrecklichen Verdacht, daß auch sie meiner Lektüre entsprangen. Manche Träume wie der von Procopio präsentierten sich bereits in Form einer Erzählung. Anstatt ein Buch von Träumen war es vielmehr ein Buch von Erzählungen geworden, von phantastischen Erzählungen natürlich, mit einer etwas zweideutigen und verqueren Handlung manchmal, aber ich weiß, daß viele Schriftsteller absichtlich verquere und zweideutige Handlungen und Personen suchen. Der Traum, den ich in jener Januarnacht geträumt und dann als Erzählung niedergeschrieben hatte, hatte sich in Wahrheit selbst geschrieben, die Sätze flossen mir bereits fertig formuliert aus den Fingerspitzen, entsprechend einer genau kalkulierten Steigerung der Angst, bis zum abschließenden Schauer. Aber dieser trockene und lakonische Stil war nicht meiner, und genausowenig entsprach mir die Lust am Grauen. Betrachtete ich diese Erzählung kühl und distanziert, so schien sie mir wie von jemand anderem geschrieben. Von wem? Die Tatsache, daß ich sie in erster Person geträumt hatte, bewies gar nichts.

An diesem Punkt angelangt muß ich eine Klammer eröffnen, bevor ich zum Schluß komme. Die zweite Person, die in erster Person ihr Leben erzählt und dann vor dem Fenster stehenbleibt, zweifelnd, ob sie es öffnen soll oder nicht, ist ebenfalls Teil der Fiktion. Hinter Procopio und hinter dieser zweiten Person stehe ich, der beide erfunden hat, und der jetzt seine Unterschrift unter diese zweifache Erzählung setzen sollte. Aber auch ich bin überrascht. Vor allem muß ich einen Widerspruch aus der Welt schaffen, der dem Leser gewiß aufgefallen ist. Ich fühle mich zwar versucht, ihn nicht zu offenbaren, damit der Leser die Genugtuung hat, ihn selbst zu entdecken, aber ich möchte mich dem kleinen Knoten doch lieber gleich stellen und versuchen, ihn zu lösen.

Der Einwand ist folgender: Wenn der Leser-Schriftsteller erzählt, er hätte am Morgen nach dem Traum vor dem Fenster innegehalten, unsicher, ob er es öffnen solle oder nicht, da er befürchtete, er könnte plötzlich den Griff in der Hand halten undsoweiter, ist das eine falsche Spannung, weil wir wissen, daß er bereits die Geschichte von Procopio geschrieben hat. Es ist unwahrscheinlich, daß er sie in der Zeit geschrieben hat, in der er in seinem Zimmer vom Bett zum Fenster gegangen ist. Aber in Wirklichkeit sind die Dinge nicht genau so: Wie alle wissen, die viel träumen, kommt es vor, daß man einen Traum im anderen träumt, beziehungsweise daß man träumt zu träumen. Somit könnte auch der zweite Teil der Erzählung, der wie ein Geständnis in erster Person geschrieben ist, ein verkleideter Traum sein, der nicht als Traum deklariert ist. Die Verwirrung entsteht aufgrund des langen autobiographischen Stücks, aber vor allem aufgrund der Tatsache, daß der Träumer dem Protagonisten des ersten Traums einen Namen gegeben hat und somit eine künstliche Distanz zum zweiten geschaffen hat. Wir wissen jedoch, daß die Welt der Träume keine Grenzen kennt, es gibt immer einen weiteren Traum, der alle anderen miteinschließt, und so fort in alle Ewigkeit. Tatsächlich steht auch Procopio nach einer unruhigen Nacht auf, nach einem Angsttraum, an den er sich nicht mehr erinnert, der jedoch derselbe sein kann wie der, dessen Protagonist er jetzt ist. Es ist schwierig zu wissen, wo die Welt ist, vorausgesetzt, daß es überhaupt eine Welt gibt. Alles was bis zu diesem Augenblick erzählt worden ist, stammt von einer dritten Person, die jetzt die Verantwortung für die beiden Texte und natürlich auch für diesen dritten übernimmt. Wir werden gleich sehen, warum diese dritte Person zögert, ihre Unterschrift darunterzusetzen. In der zweiten Erzählung, jener, die in erster Person geschrieben worden ist, gibt es einen fiktiven Teil, aber sie enthält auch etwas Wahres. Wahr ist, daß auch ich viele Bücher gelesen habe, jedoch nicht derart viele und auf jeden Fall aufgrund strenger Auswahlkriterien. Wahr ist, daß die gelesenen Romane und Erzählungen sich letzten Endes oft miteinander vermischt haben oder in meiner Erinnerung aufgegangen sind. Wahr ist, daß ich meine Träume ein Jahr lang aufgeschrieben habe, ich habe sie jedoch unter dem Titel »Tagebuch eines Träumers« veröffentlicht. In diesem Buch findet sich der Beweis, daß ich den Traum, der im ersten Teil dieses Texts erzählt wurde, mit Procopio als Protagonist, tatsächlich geträumt habe: Auf Seite neunundvierzig findet sich die etwas schematische und in erster Person gehaltene Niederschrift dieses schrecklichen Traumes.

Einem Schriftsteller kann es passieren, daß er die Kontrolle über seine Phantasien und – was noch leichter geschieht – über seine Träume verliert. Es ergeben sich Interferenzen und Überlagerungen zwischen Gelesenem und Gehörtem, zwischen Träumen und Phantasie. Das ist keine Neuigkeit und auch kein Skandal. Mein Problem ist also sehr einfach: Da ich diesen Traum nun veröffentlicht habe und noch immer den Verdacht habe, ich hätte eine Erzählung geträumt, die ich schon irgendwo gelesen habe, möchte ich meine Unterschrift nicht unter eine »gestohlene« Erzählung setzen, mit einem Wort, ich möchte nicht des geistigen Diebstahls bezichtigt werden. Es beunruhigt mich, daß diese Erzählung, beziehungsweise dieser Traum bereits von jemandem geschrieben wurde, aber wie die zweite, in erster Person sprechende Person beunruhigt mich noch mehr der Gedanke an eine Verflechtung von Traum und Wirklichkeit, wie sie manchmal vorkommt: durch das Fenster meines Zimmer könnte anstelle des Morgenlichts ein kalter, schwarzer Wind hereinkommen, dem ich nicht einmal einen Namen zu geben wage.

Ich bin also an jenem Morgen aufgestanden, bin noch schlaftrunken zum Fenster gegangen, um die Morgenluft hereinzulassen, habe jedoch in dem Augenblick, in dem ich den Griff anfassen wollte, innegehalten. Ich ging mit unsicheren Beinen ins Bad, ich fühlte mich eigenartig leicht, doch dieses Gefühl, der Schwerkraft zu entfliehen, kenne ich bereits von früher. Eines Tages werde ich fliegen wie ein Vogel, dachte ich bei mir, aber das war kein tröstlicher und alles in allem nicht einmal ein angenehmer Gedanke. Im Bad stieg ich auf die Waage, aber vor dem Spiegel stellte ich fest, daß auch ich »leichenblaß« war. Ich habe nicht versucht, mit dem Finger auf die Wange zu drücken, denn Schauspielerei gefällt mir nur bis zu einem gewissen

Punkt und nicht darüber hinaus. Ich habe natürlich zu lachen begonnen, aber das Fenster meines Zimmers blieb geschlossen.

Jetzt frage ich nur: Sollte der Leser dieser Seiten zufällig eine Erzählung, einen Roman oder den Ausschnitt eines Romans oder einer Erzählung kennen, in denen eine Geschichte vorkommt, die in gewisser Weise ganz oder teilweise der ähnelt, die ich gerade geschrieben habe, dann möge er mir das bitte mitteilen, denn bis dahin bleibt das Fenster meines Zimmers geschlossen. Ich bin bereit, ihm das Honorar zu überlassen, das mir die Zeitung für diese Seiten bezahlt, und außerdem sämtliche Autorenrechte für die Buchpublikation und auch für eventuelle Übersetzungen. Gewiß würde ich lieber erfahren, geistigen Diebstahl begangen zu haben, als aufgrund meiner Blässe, die zwar keine Leichenblässe, aber dennoch ungerechtfertigt ist, entdecken zu müssen, daß die Realität meinen Traum oder meine Erzählung verdoppeln oder sonst was könnte. Wer auch immer die eventuelle Quelle der Erzählung entdeckt, wird beweisen, daß es sich um ein Plagiat handelt. Wie kann ich ihm also die Autorenrechte überlassen, wenn ich nicht der Autor des Texts bin?

Um zu einem Schluß zu kommen: Sagt ruhig, ich sei ein Idiot, aber schenkt um Himmels willen weder meiner Lektüre Glauben noch meinen Beobachtungen, die mit dem Siegel der Erfahrung oder der Fiktion den Inhalt meiner Bücher bestätigen. Einen ohne Absicht zweideutigen und verqueren Inhalt. Da, ich wollte einen effektvollen Satz schreiben, bevor ich meine Unterschrift unter diese Erzählung in Form eines Alptraums setze, aber ich fürchte wirklich, geistigen Diebstahl begangen zu haben, denn diese schönen Worte stammen gewiß nicht von mir, ich habe sie wohl gestohlen, von Shakespeare oder Oscar Wilde? Lieber Leser, hilf du bitte meinem Gedächtnis nach, und du wirst in klingender Münze belohnt werden.

Ein graues Mädchen

Ich bin das Mädchen in Grau, das jeden Freitagabend auf dem Bildschirm links erscheint, in der Werbung für »Multigust«-Bonbons. Das andere Mädchen, das immer am Bildschirm rechts zu sehen ist, die mit den bunten Kleidern und den Maschen im Haar wie eine Vogelscheuche, ist eine gewisse Soundso, die ich nicht kenne, ich weiß nur, daß sie in Pornofilmen gespielt hat, in sogenannten Hardcore-Pornos, und daß sie begonnen hat, Werbung für Bonbons zu machen, um für sich selbst Werbung zu machen. Schauspieler müssen unbedingt bei jeder Gelegenheit ihr Gesicht herzeigen, sonst vergißt sie das Publikum, und dann gute Nacht Karriere. Die Beine sind natürlich auch wichtig, aber noch wichtiger ist das Gesicht. Wenn das Publikum nur die Beine einer berühmten Schauspielerin sieht, wird sie niemand erkennen. Ob schön oder häßlich, Beine haben keine Persönlichkeit.

Als man mir angeboten hat, Werbung für »Multigust«-Bonbons zu machen, habe ich sofort begeistert zugesagt, nicht nur wegen des Geldes, sondern weil ich ein halbes Jahr lang einmal in der Woche auf dem Bildschirm zu sehen sein würde, und das zur besten Sendezeit, vor den Nachrichten. Millionen von Zuschauern. Ich habe den Vertrag für einen Monat Dreharbeiten unterschrieben, und von dem Vorschuß habe ich die erste Rate für den Farbfernseher bezahlt.

An dem Abend, als meine Werbung zum ersten Mal gesendet wurde, lud ich zwei Freundinnen ein. Ich war ziemlich aufgeregt, und während ich auf die Sendung wartete, habe ich eine ganze Tüte »Multigust«-Bonbons aufgegessen, die gut schmecken, auch wenn sie angeblich viele Farbstoffe enthalten. Und jetzt komme ich zum springenden Punkt, beziehungsweise zu meinem Problem: Als ich mich auf dem Bildschirm sah, wurde ich starr vor Schreck. Nicht nur mein Kleid, sondern auch mein Gesicht und meine Beine waren grau. Keine Ahnung, mithilfe welcher Tricks sie das zustandegebracht haben, aber wenn ich das gewußt hätte, würde ich bestimmt nicht meine Zustimmung gegeben oder zumindest das doppelte Honorar verlangt haben. Auf jeden Fall hätte ich kein Geld für einen Farbfernseher ausgegeben, ein Schwarzweißfernseher hätte auch gereicht. Ich glaube, sie haben während der Aufnahmen ein spezielles Licht oder sonstwas verwendet, der Effekt jedenfalls war scheußlich. In der Werbung bin ich natürlich die, die keine »Multigust«-Bonbons ißt, während das andere bunte Mädchen ununterbrochen Bonbons ißt.

Zuerst wollte ich die Firma, die die Bonbons produziert, auf Schadenersatz verklagen, aber meine beiden Freundinnen, die diesen Abend bei mir waren, machten mir klar, daß es für eine Schauspielerin das Ende bedeutet, wenn sie in den Ruf gerät, eine Stänkerin zu sein, sie bekommt nie wieder eine Rolle, denn die Firmen stehen alle miteinander in Verbindung und informieren sich, auch wenn sie Konkurrenten sind. Ich habe zuerst gesagt, daß Schauspieler ihr Gesicht zeigen müssen, aber wenn ich das Pech habe, daß ein Produzent den Fernseher anmacht und mich so sieht, grau vom Scheitel bis zur Sohle, dann wird er versuchen, mich so schnell wie möglich zu vergessen. Ich fand keine Ruhe, ich bin von Natur aus rebellisch. Am nächsten Tag habe ich einen Rechtsanwalt angerufen, den ich kenne, weil ich mit ihm ins Bett gegangen bin, aber auch er gab mir den Rat, den Mund zu halten. Wie soll man denn das

Schadensausmaß bestimmen, sagte er, wo du noch nie eine Rolle gespielt hast und wir nicht wissen, wie hoch du im Kurs stehst? Er sagte wirklich »Kurs«, als sei ich ein Unternehmen. Zum Schaden also auch noch der Spott, wie immer. Um mich zu trösten, sagte er dann noch, es wäre ja nicht ausgeschlossen, daß das viele Grau die Aufmerksamkeit eines Produzenten auf sich zöge. Aber was. Seit vier Monaten bin ich nun einmal pro Woche auf dem Bildschirm zu sehen, und ich habe nicht einmal ein halbes Angebot erhalten, keinen Anruf, nichts, rein gar nichts.

Das Mädchen, das mit mir die Werbung für »Multigust«-Bonbons gemacht hat, trägt ein Kleid mit riesengroßen Blumen, ein orange glänzendes Seidentuch um den Hals, Strümpfe mit violetten Rhomben, grüne Atlasschuhe, und außerdem hat sie rotlackierte Fingernägel, rotgeschminkte Lippen, und rot sind auch die Wangen, die Wimpern und Augenbrauen, sie sieht aus wie ein Fest der kommunistischen Partei. Die Glückliche, denn mit den vielen Farben erweckt sie den Eindruck von Fröhlichkeit, auch wenn sie ein wenig lächerlich ist. Aber immer noch besser, lächerlich zu sein als grau und deprimierend. Für ein Mädchen wie mich, das gerne Schauspielerin werden möchte, ist es das größte Unglück auf der Welt, deprimierend zu sein. Den Ideen der Werbeleute zufolge entsprechen die Farben des anderen Mädchens den Farben der »Multigust«-Bonbons: Zitrone, Erdbeer, Kirsche, Ananas, Kaffee, Orange, Ribisel, Mandarine, Zeder, etc., etc. Ich werde den Feministinnen sagen, daß man hier die Bonbon-Frau erfunden hat. Das Grau hingegen soll das Markenzeichen derer sein, die ihre Bonbons nicht essen und somit zu einem grauen Leben verdammt sind: die Ärmsten, ihnen sind die Freuden verwehrt, die die Geschmacksrichtungen und Farben von »Multigust« eröffnen. Aber ich bringe es noch fertig und gebe eine Pressekonferenz, wo ich sage, daß ihre Bonbons mit künstlichen Farbstoffen gefärbt sind, damit die Leute sie ein für allemal ausspucken.

Das Kleid, das ich bei den Werbeaufnahmen getragen habe, hat man mir nach Drehschluß geschenkt, da sie ohnehin nicht wußten, was sie damit tun sollten. Es ist ein sehr elegant geschnittenes Kleid aus einem sehr guten Stoff, denn es stammt aus einer großen Schneiderei, die für Kino und Fernsehen arbeitet, und die es gewohnt ist, auch berühmte Schauspieler einzukleiden. Angesichts dessen, was dieses Kleid kostet, konnte ich mir gar nicht leisten, es nicht anzunehmen, auch wenn ich einen Augenblick lang versucht war, diesen Geizkrägen eine moralische Ohrfeige zu verpassen. Und so laufe ich seit einigen Monaten in Grau herum. Mit dem Erfolg, daß auch ich das Grau des Kleides angenommen habe, ich bin traurig geworden, ich lache fast nicht mehr, und meine Freunde fragen mich, was mit mir los ist. Nichts, sage ich, ich bin traurig, das ist alles.

Manchmal bleibe ich am Abend allein zu Hause, weil ich keine Lust habe, jemanden zu treffen, ich setze mich in den Sessel oder strecke mich bäuchlings auf dem Bett aus, weine und denke an meine große Traurigkeit. Man könnte mich fragen, warum ich das graue Kleid nicht wegwerfe. Aber ich bin gegen Verschwendung. Und außerdem habe ich nicht sofort begriffen, daß mich das Grau so deprimiert, und jetzt ist es zu spät. Vor ein paar Tagen hatte ich am Abend plötzlich Lust, mich aus dem Fenster zu stürzen. Gewisse Ideen nisten sich in deinem Körper und deinem Hirn ein, ohne daß du es bemerkst, und so kann es geschehen, daß du dich plötzlich lachend und scherzend – oder besser gesagt weinend – tot auf dem Gehsteig wiederfindest.

Wenn es mir gelingt, meine Gedanken zu ordnen, weiß ich, daß ich hübsch bin und ich zweifle nicht daran, daß ich eines Tages wieder fröhlich und witzig sein werde wie zuvor, doch dann breche ich wieder in Tränen aus und weine stundenlang, zum Steinerweichen. Durch das viele Weinen werde ich immer trauriger. Letzte Nacht bin ich aufgewacht und habe festgestellt, daß ich im Schlafen geweint habe, das Kissen war ganz naß. Das ist mir in meinem ganzen Leben noch nicht passiert. Nichts zu machen, seitdem ich mich grau anziehe, ist auch mein Leben grau geworden, und – was noch schlimmer ist – ich beginne mich mit meiner Depression, mit meiner Traurigkeit anzufreunden, ich bin inzwischen genauso hysterisch wie alle meine Freundinnen. Ich würde liebend gern zu einem Psychoanalytiker gehen, aber zuerst muß ich einen neuen Vertrag haben, denn angeblich ist so etwas sehr teuer.

Wenn ich von niemandem zum Essen in ein Restaurant eingeladen werde, koche ich mir etwas zu Hause. Als ich gestern meine Spaghetti aß, begann ich plötzlich zu weinen, und die Tränen fielen wie Regen auf den Teller. Wenn ich einmal zu weinen anfange, mache ich keine halben Sachen, aber an einem gewissen Punkt habe ich mir einen Ruck gegeben und mir gesagt, daß ich etwas unternehmen müßte, daß ich mich gegen diese Schufte auflehnen müßte, die mich derart dezimiert hatten. Ich habe zum Telefon gegriffen und mit dem Buchhalter der Bonbon-Firma gesprochen, den ich kenne, obwohl ich noch nie mit ihm ins Bett gegangen bin. Ich sagte ihm, daß ich in dem Monat, in dem ich für sie arbeitete, fünfhunderttausend Lire allein für Miete, Telefon und Taxi ausgegeben hatte. Plus der Anzahlung für den Farbfernseher: hunderttausend. Man hat mir also achthunderttausend Lire bezahlt, minus Abzüge, und ich habe sechshunderttausend ausgegeben. Wenn sie also glauben, ich arbeite einen ganzen Monat lang für weniger als zweihunderttausend Lire, haben sie sich getäuscht. Der Buchhalter schwieg, offenbar wußte er nicht, was er sagen sollte, dann versuchte er mich zu überzeugen, daß die Ausgaben für Miete, Telefon und Taxi nichts mit der Bezahlung zu tun hätten, die ich für meine Leistungen erhalten hätte. Für Ihre Leistungen, sagte er, der Trottel. Manche Leute glauben, alle Schauspielerinnen seien Huren. Ich sagte zu ihm, er solle es ja nicht mehr wagen, von meinen Leistungen zu sprechen. Er entschuldigte sich und begann von neuem damit, daß man mich gut bezahlt hatte und daß achthunderttausend ein schöner Gewinn seien. Als ob er, der Buchhalter, nicht wüßte, daß man den Gewinn errechnet, indem man die Ausgaben von den Einnahmen abrechnet. Wer hat die Miete, das Telefon und den Farbfernseher bezahlt, sagte ich, ihr oder ich? Und das Taxi? Meint ihr vielleicht, man solle zu essen aufhören, wenn man arbeitet? Und er sagte, verstehen Sie, die Firma kann doch nicht alle Ihre Ausgaben übernehmen, und die Telefonrechnung umfaßt doch drei Monate. Ja, aber die Rechnung habe ich bezahlt, während ich für euch arbeitete. Er schwieg, denn meine Kalkulation war einwandfrei. Ich weiß, wie man Bilanz zieht, sagte ich, auch wenn ich keine Buchhalterin bin. Er begann, am Telefon zu lachen, und sagte, ich sei keine Firma, sondern ein Mädchen. Es ist ja nicht zu glauben, wie dumm die Männer manchmal sind: Wenn es sich um Soll und Haben handelt, antwortete ich, gibt es keinen Unterschied zwischen einer Firma und einem Mädchen. Er hat mich über eine Stunde am Telefon festgehalten, und schließlich sagte er, er wolle mich in ein ruhiges Restaurant außerhalb von Rom zum Abendessen einladen, damit wir uns bei einem schönen Teller Spaghetti weiter unterhalten könnten. Ich sagte weder ja noch nein, wir haben jedoch vereinbart, daß er wieder anrufen würde. Über das graue Kleid und meine Depressionen habe ich nichts erzählt, denn am Telefon mag ich über gewisse Dinge nicht reden.

Ein alleinstehendes Mädchen wie ich nimmt für gewöhnlich Einladungen an, um die Einsamkeit zu bekämpfen. Manchmal, wenn der Typ, der dich einlädt, sympathisch ist und du mit ihm auch die Nacht verbringst, kannst du darauf schwören, daß er dir am nächsten Tag ein Geschenk macht. Das ist der Überrest einer altmodischen Mentalität, heutzutage begegnen sich ein Mädchen und ein Mann auf gleicher Ebene, auch wenn sie keine eingefleischte Feministin ist. Ich nehme nie Geschenke an, sofern es sich nicht um Goldmünzen handelt, um ein Pfund oder einen Gulden. Ich habe eine Schwäche für Goldmünzen, das gebe ich gern zu, aber wenn mir ein Mann ein paar Pfund schenkt, schicke ich ihm am nächsten Tag einen Ledergürtel oder ein Feuerzeug nach Hause, um klarzustellen, daß ich auf meine Identität nicht verzichte.

Zum Rendezvous bin ich ganz in Grau erschienen, so wie ich auch auf dem Bildschirm, in der Bonbon-Werbung zu sehen bin. Der Buchhalter hat den ganzen Abend lang Witze über mein Kleid gemacht, aber durch das viele Scherzen hat er schließlich selbst bemerkt, daß das Grau nicht nur für den deprimierend ist, der es trägt, sondern auch für den, der daneben sitzt. Ich fange auch bald an zu weinen, sagte er. Ich versuchte mich zu beherrschen, aber hin und wieder brach ich in Tränen aus. Am Ende hatte ich jedoch erreicht, was ich wollte. Wenn sie das nächste Mal die Werbung für »Multigust« drehen, werde ich das bunte Mädchen sein. »Schwöre«, habe ich zu ihm gesagt, denn inzwischen duzten wir uns. Er hat mir auch versprochen, daß mir die Firma Kleider schenken wird, und ich sagte zu ihm, daß ich das im Vertrag stehen haben wollte, denn von denen nehme ich keine Geschenke an. Nach dem Abendessen sind wir noch in seine Wohnung hinaufgegangen, um einen Whisky zu trinken, und um ihm einen Gefallen zu tun, habe ich mir das graue Kleid ausgezogen.

Die Worte und die Liebe

Heute nachmittag gegen fünf bereitete ich mich auf den Besuch Elisabettas vor. Ich entschied mich für eines meiner Sportsakkos, von denen ich mehrere besitze: aus Tweed für die kalte Jahreszeit, aus Samt für die Übergangszeit und aus Leinen für den Sommer. Manchmal behielt ich auch einfach den Pullover an, aber ich trage lieber Sakkos, weil mir Pullover nicht stehen, ich wirke darin plump und dicker als ich bin. Ich wußte zwar, daß ich gegen die elementaren Regeln des guten Geschmacks verstieß, wenn ich Samthosen zu einem andersfarbigen Samtsakko anzog, aber ich hatte nicht die Absicht, geschmackvoll gekleidet zu sein, sondern mich vielmehr mit jener genau berechneten Nachlässigkeit zu präsentieren, die den Frauen so sehr gefällt, Elisabetta eingeschlossen. Wenn ich sehr müde war, rasierte ich mich mit dem elektrischen Rasierapparat, aber nicht so sehr wegen der Rasur, sondern um die Haut durch die Massage zu beleben. Was die Wohnung betraf, so versuchte ich sie in einen Zustand zu versetzen, der dem meinigen mehr oder weniger entsprach. Keine herumstehenden schmutzigen Tassen, nur leere Aschenbecher, ein paar wie zufällig auf den niedrigen Tisch vor dem Kamin hingestreute Zeitschriften, ein lässig auf den Diwan geworfenes Plaid. Keine allzu große Ordnung, aber auch keine übermäßige Unordnung, die als ein Zeichen von schlechter Kinderstube erscheinen mag.

Gegen fünf Uhr nachmittags war der Mann Elisabettas mit Sicherheit im Büro, denn da wurde die Vertreterversammlung einberufen, bei der er nicht fehlen durfte, weil er für die Abteilung verantwortlich war. Deshalb hatten wir unser Rendezvous für diesen Zeitpunkt festgelegt. Sobald ich mit den Vorbereitungen fertig war, setzte ich mich hin und wartete, wobei ich ein Buch oder eine Zeitung zur Hand nahm. Als ich es schließlich das erste Mal klingeln hörte, ging ich nicht zur Tür, sondern nahm den Telefonhörer ab. Ich traf diese Vorbereitungen jeden Tag aufs neue, als ob ich den Besuch Elisabettas erwartete, aber in Wirklichkeit sahen wir uns schon seit einem Jahr nicht mehr, und unsere Rendezvous fanden am Telefon statt, wir führten lange Telefongespräche amouröser Natur. Wie jede verbotene Liebe erreichte auch die unsere, allein durch die Worte, einen hohen Grad an Intensität und Leidenschaft, was man sich gar nicht vorstellen kann, wenn man mit dem Telefon als erotischem Instrument keine Erfahrung hat.

Das Warten auf den Anruf war ein Ritual, eine Zeremonie geworden, auf die ich mich mit einer Sorgfalt vorbereitete, zu der einzig und allein der Verliebte fähig ist. Hin und wieder blieb der Anruf aus, aber auch das gehörte zu unserem Liebesspiel, es war der kalkulierte und vorausgeplante Zwischenfall, der das Begehren verdoppeln sollte. Manchmal nahm auch ich den Hörer nicht ab, um das Gleichgewicht der enttäuschten Erwartungen und der Abwesenheiten wieder herzustellen. Eines Nachmittags klingelte das Telefon zwölfmal, ohne daß ich ein einziges Mal abgehoben hätte, und die erotische Lust war gewiß nicht geringer als bei einem langen Telefongespräch.

Seit einem Jahr nun ist meine Geschichte mit Elisabetta dem Telefon anvertraut, dieser Apparat hat ein Vakuum in meinem Leben und in dem meiner Geliebten ausgefüllt, das nun schon seit einem Jahr besteht. Es ist wunderbar, daß zwei Menschen ungehindert über jedes beliebige Thema sprechen können, den Telefonleitungen ist es völlig egal, ob es sich um Milliardengeschäfte oder um Liebesgeflüster handelt, die Leitungen sind völlig uninteressiert und übermitteln Worte und Zahlen, Fragen und Antworten, Vorwürfe, Informationen, Seufzer, Trostworte, Bosheiten. Selbst unflätige Worte übermittelt das Telefon, ohne mit der Wimper zu zucken, denn es zensiert nicht, es ist ein treuer und diskreter Diener.

Hin und wieder denke ich an die Mühen des Schreibens und an die Risiken, die ich eingehen müßte, wenn ich gezwungen wäre, mit Elisabetta brieflich zu verkehren. In den alten Romanen mußten die Helden immer große Anstrengungen unternehmen, um ihre Gefühle mitzuteilen, und vor allem die Männer, die das Pech hatten, sich in verheiratete Frauen zu verlieben, wie es mir mit Elisabetta passiert ist, sie mußten dauernd Listen anwenden, Komplizen finden, die ihre Botschaften überbrachten, während man heutzutage bloß eine Nummer wählen muß.

Ich habe jedoch festgestellt, daß das Telefon auf Dauer gesehen nicht ausreicht, um ein Liebesverhältnis aufrechtzuerhalten. Nach dem langen Reden verspürte ich das Bedürfnis, Elisabetta in die Arme zu schließen, sie zu berühren und zu streicheln, mit ihr ins Bett zu gehen, aber das war nicht möglich, weil sie fürchtete, beobachtet zu werden, sie sagte, ihr Mann sei äußerst eifersüchtig und ließe sie vielleicht sogar beschatten. Es war uns zwar gelungen, ein Gefühl allein mithilfe von Worten länger als ein Jahr aufrechtzuerhalten, aber inzwischen verspürte ich die ersten Anzeichen von Überdruß. Ich stellte fest, daß ich bei den Vorbereitungen für ihren Anruf nachlässiger wurde, ich ließ schmutzige Tassen herumstehen, vergaß, den Aschenbecher auszuleeren, und machte mir auch nicht mehr die Mühe, im Spiegel zu kontrollieren, ob meine Bartstoppel zu lang waren. Auch bei unseren Gesprächen wurde ich nachlässig, nach einer Weile hatten sich die Worte erschöpft, ich wiederholte Sätze, die ich bereits bei einer anderen Gelegenheit gesagt hatte, der Ton der Stimme war flau und abgenutzt, so wie auch die Einfälle inzwischen flau und abgenutzt waren.

Ein Jahr ist lang, wenn das Liebesobjekt abwesend ist; die Matrosen, die nach einer langen Seefahrt nach Hause zurückkehren und feststellen, daß ihre Frau sie nicht mehr liebt oder betrogen hat, wissen ein Lied davon zu singen. Ich hatte Elisabetta zwar nicht betrogen, aber in mir ging etwas vor, das fast schlimmer war als ein Seitensprung: Ich stellte fest, daß ihr Bild in meiner Erinnerung immer undeutlicher wurde, es war inzwischen so unscharf und verschwommen wie auf einem verwackelten oder mit den Jahren vergilbten Foto. Es gelang mir gerade noch, ihre Gesichtszüge zu rekonstruieren, aber an ihren Ausdruck erinnerte ich mich schon nicht mehr, und ich erinnerte mich auch nicht mehr an ihr Lächeln und auch nicht an dieses spezielle Licht in den Augen, das einen Menschen vom anderen unterscheidet. Ich wußte zwar noch, daß sie helle Augen und kastanienbraunes Haar hatte, eine etwas lange und spitze Nase, ich wußte, daß sie kleine Zähne und schmale Lippen hatte, aber es gelang mir nicht mehr, das alles miteinander zu verbinden und mich an ihren Gesichtsausdruck zu erinnern, es war mir genau das entfallen, was Elisabetta von allen anderen Frauen unterschied. Wenn ich die Augen schloß und mich zwang, mir ihr Bild in Erinnerung zu rufen, gelang es mir höchstens, eine Art flüchtiges Ektoplasma heraufzubeschwören, das jedoch mit einer klaren und sonoren Stimme ausgestattet war, die für dieses ungewisse und nebulöse Bild unverhältnismäßig und übertrieben deutlich war.

Ich stellte mit Unbehagen fest, daß ich inzwischen nicht mehr in eine Frau verliebt war, sondern in eine Stimme. Und ich fragte mich: Wie lange kann das dauern? Ich unternahm immer wieder Versuche, Elisabetta heraufzubeschwören, aber das Ergebnis fiel immer kläglicher aus, und nur ganz selten und unerwartet leuchtete vor meinem geistigen Auge ihr Bild auf, wie ich sie früher einmal gesehen hatte, deutlich und strahlend, aber es handelte sich immer nur um einen kurzen Augenblick, und dann kehrte die Dunkelheit zurück.

Seit damals ist schon wieder viel Zeit vergangen, vielleicht sogar ein ganzes Jahr, und die Telefongespräche sind immer seltener geworden, ich erwarte sie nicht mehr freudig erregt wie früher, und manchmal stelle ich das Telefon am Nachmittag ab, um nicht gestört zu werden. Eines Tages sagte ich zu ihr, wenn wir uns nicht sehen könnten, sei es sinnlos, die Telefongespräche fortzusetzen und damit unsere Zeit zu vergeuden. Da hat sie zu weinen begonnen. Ich habe mir gesagt: Pech für sie, ich kann kein Gespenst lieben, ich spreche nicht mit Gespenstern und will auch sonst nichts mit ihnen zu tun haben. Vor einem Monat habe ich einen automatischen Telefonanrufbeantworter installieren lassen, auf dem meine Stimme zu hören ist, die sagt: Wenn Sie eine Nachricht hinterlassen möchten, sprechen Sie bitte nach dem Summton. Jeden Nachmittag schalte ich den Anrufbeantworter ein und am Abend höre ich ihn ab, aber bis jetzt hat Elisabetta noch keine Nachricht hinterlassen.

Der achtzehnte Buchstabe des Alphabets

Verliebte ritzen den Namen der Geliebten in die Rinde von Bäumen ein, in den Verputz von Mauern, in den Marmor antiker Säulen, oder sie sprayen ihn in Großbuchstaben auf Kirchenfassaden oder Denkmalsockel, als wollten sie ihn den berühmten Persönlichkeiten der Vergangenheit oder Gott höchstpersönlich in Erinnerung rufen. Ich habe großen Respekt vor Gott und glaube, daß er sich auch hin und wieder an diesen Planeten und an seine Bewohner erinnert, aber ich glaube nicht, daß er sich in besonderer Weise für diese verliebten Vandalen interessiert. Manche entgehen den wachen Augen der Türsteher und bringen ihre Graffiti im Inneren der Kathedralen an oder ritzen sie in harten Stein, wobei sie sich Orte aussuchen, die sie für besonders romantisch halten: den Pincio, die Engelsburg, den Eiffelturm, die Pyramiden, den Kreml, den Säulengang des Petersdomes, die Brücke über den Bosporus, das Schloß Schönbrunn oder Charlottenburg, oder, wenn sie im Gefängnis sitzen, ritzen sie den Namen in den Zellenputz. Hin und wieder ruiniert einer alte und wertvolle Fresken wie das Jüngste Gericht von Signorelli im Dom von Orvieto. Die das tun, wollen ihrer Liebe auf diese Weise das Siegel der Ewigkeit aufdrücken. Eine dumme Illusion, denn die Denkmäler überleben, und die Liebe löst sich oft genug in Nichts auf.

Solche Akte des Vandalentums habe ich nie vollbracht, ich respektiere Denkmäler und alte Gemälde, und ich respektiere auch die Rinde der Bäume. Ich muß zwar gestehen, daß ich schon öfter als einmal die Versuchung verspürte, Martas Namen mit einem Nagel in den Lack der Autos zu ritzen, die in zweiter Spur auf der Straße unter meinem Haus parken, aber das Risiko lohnt sich nicht, denn die Besitzer würden den Lack sofort vom Mechaniker ausbessern lassen. Lieber wiederhole ich den Namen Martas unzählige Male während des Tages oder auch in der Nacht im Schlaf oder am Abend vor dem Einschlafen, im Dämmerzustand. Oft sage ich ihn nur im Geiste vor mich hin, manchmal ganz leise, und wenn ich allein zu Hause bin und sicher sein kann, daß mich niemand hört, auch laut. Ich rufe Marta also in allen Stimmlagen, sowohl mit der inneren als auch der äußeren Stimme. Sanft und leise, gebieterisch, als wollte ich ihre körperliche Anwesenheit erzwingen, laut brüllend, als müßte ich sie von ferne rufen, und sinnlich, als hielte ich sie in den Armen. Um laut zu schreien, gehe ich am liebsten ins Schlafzimmer, wo ich Doppelfenster habe. Auf der Straße hingegen sage ich den Namen Martas nur ganz leise oder im Geist vor mich hin, damit niemand glaubt, ich sei ein Verrückter, der Selbstgespräche führt.

Seit einiger Zeit geht jedoch etwas Eigenartiges mit mir vor: Manchmal, wenn ich auf der Straße gehe, oder auch wenn ich zu Hause bin und sogar im Schlaf habe ich plötzlich das Gefühl, etwas verloren zu haben, die Wohnungsschlüssel zum Beispiel, den Regenschirm, das Portemonnaie oder die Brille. Ich sagte »etwas Eigenartiges«, denn ich trage keine Brille, und wenn es regnet, setze ich lieber die Regenmantelkapuze auf, anstatt einen Schirm zu nehmen. Das Gefühl, etwas verloren zu haben, entspringt also keiner realen Situation, sondern ist vielmehr ein Geisteszustand, eine Störung, etwas Peinliches, das alle zerstreuten Menschen kennen. Ich habe etwas verloren, sage ich zu mir, und beginne in den Taschen zu kramen, um zu sehen, ob ich die Schlüssel noch habe, oder ich betaste meine Jacke, um zu überprüfen, ob das Portemonnaie noch an seinem Platz ist. Nein, ich habe weder die Schlüssel noch das Portemonnaie verloren, ich habe nichts verloren. Aber mein Alter ego wiederholt hartnäckig: Irgendetwas fehlt dir, ich bin mir dessen sicher. Da täuschst du dich, antworte ich und gehe weiter. Doch dann beginne ich zu zweifeln, ich kehre um und lege mit gesenktem Kopf und auf den Boden geheftetem Blick dieselbe Strecke noch einmal zurück, um zu sehen, ob ich etwas auf den Gehsteig habe fallen lassen. Und dabei wiederhole ich dauernd den Namen Martas, zehn-, zwanzig-, hundertmal.

Da, jetzt weiß ich, was ich verloren habe, es ist mir genau in dem Augenblick eingefallen, als ich den Namen Martas vor mich hinsagte. Weder den Schirm, noch das Portemonnaie, noch die Wohnungsschlüssel und schon gar nicht die Brille. Es handelt sich um etwas, was es eigentlich gar nicht gibt, was ich aber dringender brauche als die eben erwähnten Dinge. Ein Buchstabe des Alphabets ist mir abhanden gekommen, ein Buchstabe, den man zwischen Zähnen und Zunge bildet, die dabei vibriert wie die Nadel eines Elektrokardiogramms: das R, das R, das man braucht, um den Namen Martas auszusprechen. Das italienische R selbstverständlich, nicht das weiche R der Franzosen, das auch bei uns in vornehmen Kreisen gebraucht wird. Ich setze meine Suche auf dem Gehsteig fort, um zu sehen, ob es mir gelingt, mein R auf den Pflastersteinen zu finden, inmitten herumliegender Papierfetzen und Zigarettenstummel. Nein, hier ist es nicht, ich weiß sehr gut, daß es hier nicht sein kann.

Ich presse die Zunge an die Zähne, bemühe mich, sie vibrieren zu lassen, aber sie ist wie gelähmt, es bildet sich nicht der achtzehnte Buchstabe des Alphabets auf meinen Lippen, sondern nur ein undeutliches, schabendes Geräusch, ein dumpfer Ton, der einem R überhaupt nicht ähnelt. Ich verziehe den Mund und knirsche vergebens mit den Zähnen. Diese Störung hindert mich nicht daran, den Namen der geliebten Frau auszusprechen. Das Schreckliche daran ist jedoch, daß ich das R von Marta auch in meinen Gedanken verloren habe, und daß ich ihren Namen nicht einmal mehr im Geiste aussprechen kann. Ich habe versucht, in der Nacht mit einer Spraydose herumzulaufen, um den Namen Martas auf Haus- und Kirchenfassaden zu schreiben, ich wollte ihn in den Marmor der Denkmäler einritzen und ihn schließlich mit einem Stahlstichel in die bronzenen Füße von Giordano Bruno auf dem Campo dei Fiori eingravieren. Aber ich habe festgestellt, daß ich ihn aussprechen muß, das Schreiben befriedigt mich gar nicht. Wenn ich nach Hause zurückkehre, bin ich noch verzweifelter als zuvor, vor lauter Verzweiflung trete ich nach den Stühlen.

Um mich zu trösten, sage ich zu mir, daß manche den Vater oder die Mutter verloren haben, manche den Sohn bei einem Verkehrsunfall oder die Tochter bei einem Brand, manche haben einen Lungenflügel oder ein Auge verloren, und manche sogar den Verstand oder die Erinnerung. Man kann auf dieser Welt alles Mögliche verlieren, man kann Geld an der Börse oder beim Spiel verlieren, man kann mitten in der Wüste oder im Dschungel die Orientierung verlieren und Gefahr laufen, zu verdursten oder von einem Tiger zerfleischt zu werden. Es ist auch schon vorgekommen, daß ein Rennwagen auf der Rennbahn ein Rad verloren hat und der Pilot zerquetscht wurde, und es kommt sogar vor, daß ein Flugzeug in der Luft den Motor verliert, man kann also wie gesagt alles Mögliche verlieren in diesem Leben. Ich habe im Grunde nur das R verloren, das zum Namen meiner Geliebten gehört, und wegen eines einzigen Buchstabens des Alphabets brauche ich eigentlich nicht zu verzweifeln.

Ich habe auch schon versucht, mit Essig zu gurgeln oder wie Demosthenes kleine Steinchen in den Mund zu nehmen. Es hat jedoch nichts geholfen. Ich habe beschlossen, zu meinem Arzt zu gehen, den ich immer für einen intelligenten Menschen gehalten habe, aber diesmal hat er mich nicht einmal verstanden und sich – ich sage es nur ungern – wie ein wahrer Trottel benommen. Er meinte, ich wolle ihn auf den Arm nehmen oder mir einen Witz erlauben. Als er endlich mein Problem begriff, sagte er, für diese Störung gäbe es weder einen Namen noch eine Bezeichnung, doch dann überlegte er sichs anders und sagte, daß es sich möglicherweise um eine minimale Form von Aphasie handele. Na und, fragte ich. Das heißt, daß es sich um eine Persönlichkeitsstörung handelt, um eine Rebellion des Ich. Nein, damit ist es nicht getan, sagte ich, es interessiert mich nicht, ob Sie eine Definition meiner Störung gefunden haben oder nicht, sagen Sie mir lieber, wie ich wieder gesund werde. Da begann er Freud zu zitieren – ich hatte ja geahnt, daß es mit Freud enden würde –, und daß ich versuchen müßte, mir über die Gründe meiner Krankheit klar zu werden und daß die Dinge wahrscheinlich von selbst ins Lot kämen, sobald ich mir darüber klar geworden sei. Versuchen Sie zu ergründen, was in Ihrer Beziehung zu Marta nicht stimmt, denn davon hängt alles ab. Großartige Entdeckung, ich weiß selbst, daß das R nur dann verschwindet, wenn ich ihren Namen ausspreche, jedoch für alle anderen Worte verfügbar bleibt. Wenn die Ärzte anfangen zu psychologisieren, könnte ich sie umbringen.

Ich bin wirklich verzweifelt. Ich kann alle Worte mit R aussprechen, zum Beispiel: raufen, brennen, borgen, ergeben, rollen, brechen, tränen, murren, usw. usw., aber wenn ich versuche, »Marta« auszusprechen, bleibt das R plötzlich weg und ich sage »matta«, was im Italienischen soviel heißt wie verrückt, weggetreten, wahnsinnig. Aber wahnsinnig werde auch ich bald werden, mit dieser hoffnungslosen Geschichte des verlorenen R.

Allmählich verliere ich gemeinsam mit dem R des Namens auch das Bild ihrer Person. Seitdem sich das R Martas irgendwohin verflüchtigt hat, gelingt es mir nicht mehr, sie in meiner Erinnerung lebendig zu halten, mit jedem Tag entfernt sich ihr Bild ein Stück mehr, das ich früher nach Belieben umarmen und küssen konnte, zu Hause und auf der Straße, aber auch im Bus, im Zug oder im Büro. Ich brauchte nur einen Augenblick lang die Augen zu schließen und schon stellte ich mir vor, Marta in den Armen zu halten und zu küssen. Küsse, vor allem Küsse auf jeden Teil ihres weichen und empfindsamen Körpers. Nur beim Autofahren versuchte ich diese flüchtigen Phantasie-Begegnungen zu vermeiden, denn wenn man am Steuer eines Autos sitzt, schließt man lieber nicht die Augen. Zwar war ich bereit, für Marta alles zu tun, aber mein Leben und das der anderen wollte ich nun doch nicht riskieren.

Während ich von ihrem Namen gesprochen habe, habe ich ganz vergessen, von ihr, von Marta, zu sprechen. Ich wohne in Rom und sie in Mailand. Ich habe ihr drei Briefe, einen Expreßbrief und ein Telegramm geschickt, in denen ich sie bat, mir zu versichern, daß sich ihre Gefühle mir gegenüber in den letzten Monaten nicht verändert hätten. Ich bekam keine Antwort. Ich kann sie nicht anrufen, denn im Gegensatz zu früher bin ich nicht mehr informiert, ob ihr Mann beruflich unterwegs oder ob er zu Hause ist. Bei der Post riskiere ich nichts, denn ich adressiere sie wie immer an eine ihrer Freundinnen, aber auch sie kann ich nicht anrufen, weil ihr Mann sie verdächtigt, in mich verliebt zu sein. Inzwischen sind mehr als drei Monate vergangen, seitdem Marta das letzte Mal nach Rom gekommen ist und von sich hören hat lassen. Für gewöhnlich schrieb sie mir sehr hübsche und etwas kindische Briefe oder rief mich an. Seit mehr als drei Monaten ist die Verbindung abgerissen, totales Schweigen.

Es kann nicht einfach ein Zufall sein, daß der Verlust des R mit der Unterbrechung unserer Beziehung zusammenfällt. Inzwischen habe ich im Geist einen Palast der Erinnerung gebaut, wie es Matteo Ricci gegen Ende des 16. Jahrhunderts die Chinesen zu tun gelehrt hatte, um von Marta wenigstens die aus der Vergangenheit stammende Erinnerung zu bewahren, wenn mir die Gegenwart schon entflieht. Dieser Phantasie-Palast hat einen Altan, und ganz oben an ihm habe ich die Erinnerung an Marta befestigt, aber dann habe ich sie in einen geschlossenen Raum verlegen müssen, um sie nicht dem Wind auszusetzen. Der Wind stört die Bilder aus der Vergangenheit, die man sich in Erinnerung rufen will.

Seit mehr als drei Jahren nun war Marta einmal im Monat nach Rom gekommen, um für eine Kunstgalerie Gemäldeausstellungen zu organisieren. Wir trafen uns bei mir zu Hause, sie machte mir das Abendessen, und danach legte ich eine Kassette mit dem Bolero von Ravel ein, der schon von sich aus eine sich ständig wiederholende Musik ist und der noch dazu immer wieder von vorne begann, wenn er zu Ende war: Ein Karussell, das wie das Band der Kassette neunzig Minuten lang kreiste und unsere erotischen Spiele begleitete, bis wir glücklich und erschöpft einschliefen. Am Morgen darauf hatte ich immer ein kleines Geschenk für sie vorbereitet, ein Fläschchen Rosenwasser oder ein Buch oder ein Feuerzeug. Einmal schenkte ich ihr ein automatisches Meterband, damit sie die Bilder für ihre Ausstellungen abmessen konnte, und ein anderes Mal ein schönes Vergrößerungsglas. Als wir uns das letzte Mal sahen, schenkte ich ihr eine sehr seltsam und elegant geformte chinesische Schere, mit großen Fingerringen und ganz kurzen Klingen. Sie sagte, Klingen jeglicher Art seien ein riskantes Geschenk, weil sie den Schnitt symbolisierten und somit das Ende der Beziehung. Ich finde eine solche abergläubische Symbolik lachhaft, sagte ich zu ihr, aber inzwischen glaube auch ich, daß sie recht hatte. Seit mehr als drei Monaten habe ich nun keinen Kontakt mehr mit ihr.

Leider weiß ich nicht, wie ich meine Störung loswerden soll, aber inzwischen übe ich mich darin, den Namen der geliebten Frau nicht mehr auszusprechen. Ich versuche ihn so gut wie möglich aus meinen Gedanken zu verbannen. Wenn sie sich auch weiterhin nicht blicken läßt, werde ich alles tun, um auch ihr Bild zu tilgen, und Stein um Stein werde ich den ganzen Palast der Erinnerung abtragen müssen.

Ich habe eine andere Dame kennengelernt, die mir gegenüber sehr aufgeschlossen zu sein scheint. Sie ist sogar schöner als Marta, und vor allem hat sie nicht so viele stachlige und schwarze Haare auf den Beinen. Ich habe sofort mit der Demolierung meines Phantasie-Palastes begonnen. Ich bin schon neugierig, was mit dem R passieren wird, das mich förmlich zum Invaliden macht. Es ist eine rein akademische Neugier, aber ich möchte sehen, ob es mir gelingt, in aller Ruhe den Namen der Frau auszusprechen, die ich geliebt und inzwischen vergessen habe. Die andere schöne Dame ist die Frau eines Allitalia-Piloten, und das ist sicher ein Vorteil, denn wenn er fliegt, sind wir vor jeder Überraschung sicher. Sie wohnt in Rom, nicht weit von meiner Wohnung. Und sie hat noch einen anderen Vorteil, in ihrem Namen befinden sich keine R's, sie heißt Elisabetta.

Ein genialer Betrüger

Ich liebe Täuschungen, Verstellungen, Schwindeleien, jeder hat so seine Schwächen. Ich liebe auch den Betrug, weil er aus Schwindel, Verstellung und Täuschung entsteht. Über berühmte Fälle von Betrug sind die verschiedensten Bücher geschrieben worden. Ich habe sie alle gelesen, aber ich habe darin keinen einzigen gefunden, der dem ähnelt, den ich begangen habe. Eigentlich weiß ich nicht einmal, ob es sich um einen wirklichen Betrug handelt, oder bloß um eine Verstellung, die mich lange Jahre meines Lebens in Anspruch genommen hat.

Im Gegensatz zum klassischen Betrug, der auf einem ausgeklügelten Plan beruht, hat für mich das Ganze zufällig begonnen. Ich erinnere mich genau an den ersten Schachzug, denn er ergab sich während eines Urlaubs in der Schweiz, als ich gerade in die dritte oder vierte Volksschulklasse ging. In Ascona lernte ich einen gleichaltrigen Jungen kennen, der schifahren, radfahren und Tischtennis spielen konnte und fließend Italienisch und Französisch sprach. Auch seine Eltern gefielen mir besser als die meinen. Ich bewunderte ihn sehr und versuchte ihn nachzuahmen, ich gab vor, Französisch sprechen zu können, und ich verstauchte mir auf unangenehme Weise den Knöchel, als ich vorgab, schifahren zu können. Insgeheim haßte ich ihn leidenschaftlich. Mir gegenüber gab er sich arrogant, aber einige Jahre später erfuhr ich, daß er seinerseits mich bewunderte, aus welchem Grund auch immer. Jedenfalls sagte er mir das nicht, er ließ es sich auch nie anmerken.

Der kleine Schweizer stotterte ein wenig, aber eigentlich konnte man das nicht als Stottern bezeichnen, er zögerte vor manchen Worten und hielt mitten im Satz kurz inne, er legte kleine Pausen ein, die sein Gegenüber aufhorchen ließen. Später habe ich erfahren, daß versnobte Engländer diese stockende Rede absichtlich einstudieren, zum Zeichen ihres Snobismus. Also begann auch ich, beim Sprechen plötzliche Pausen einzulegen, mich mitten im Satz zu verhaspeln. In meinem Fall war es jedoch kein angeborener Fehler und auch kein Snobismus, sondern schlicht und einfach Verstellung, die mir von seiten meiner Eltern viele Vorwürfe einbrachte, da sie sich umsonst bemühten, meinen Sprachfehler zu korrigieren. Ich habe seit damals nie wieder aufgehört zu stottern, und alle glauben, das sei ein nervöser und – wie es so schön heißt – irreversibler Tick.

Ein anderes Beispiel: Ich hatte nie eine Begabung für Mathematik. Im Gymnasium brauchte ich nur das Buch auf der Seite mit den Gleichungen aufzuschlagen, und mir tränten die Augen wie einem Allergiker, der mit Pollen in Berührung kommt. Und dennoch habe ich eines Tages beschlossen, alle hinters Licht zu führen. Ich habe mich im naturgeschichtlichen Gymnasium einschreiben lassen, danach habe ich auf der Technischen Hochschule promoviert, und schließlich habe ich sogar eine kleine Abhandlung über die Wasserverdrängung von Beton geschrieben. Dazu waren äußerst komplizierte mathematische Operationen erforderlich, aber auch hier gibt es einen Trick: Man braucht nur einen Computer zu programmieren, und er erledigt den Großteil der Arbeit für dich. Gewiß, um mit diesen Maschinen kommunizieren zu können, mußte ich eine enorme Anstrengung unternehmen. Aber ich habe einen eisernen Willen, und als ich einmal beschlossen hatte, mich als Experte für Mathematik auszugeben, habe ich meine eigenen Erwartungen übertroffen. Auf diesen Betrug bin ich sehr stolz, die Befriedigung verhält sich direkt proportional zur Anstrengung.

Manche Geheimnisse gestehe ich nur ungern. Zum Beispiel meine maßlose Bewunderung für Diebe, nicht für x-beliebige Diebe, sondern für die, die bei ihren Unternehmungen Temperament und Einfallsreichtum beweisen. Manche Coups sind wirklich genial, wahrhaftige Kunstwerke. Was hat meine maßlose Bewunderung für Diebe zu bedeuten? Zweifellos fühle ich mich zum Stehlen hingezogen, bin ich selbst ein potentieller Dieb. Und dennoch habe ich in meinem ganzen Leben nicht einmal eine Briefmarke gestohlen. Obwohl mich mindestens einmal am Tag die Versuchung überkommt zu stehlen. Aber nichts, ich habe mir vorgenommen, Ehrlichkeit vorzutäuschen, und diese Verstellung habe ich bis jetzt peinlichst genau aufrechterhalten. Ist jemand von Natur aus ehrlich, kann er sich sogar kleine Gesetzesübertretungen zuschulden kommen lassen, ist aber jemand ein Dieb wie ich, darf er nicht einmal einen Millimeter vom Weg der vorgetäuschten Ehrlichkeit abweichen, sonst stürzt das ganze Gebäude ein. Natürlich sind alle darauf hereingefallen, ich habe langsam den Ruf eines äußerst ehrlichen Menschen erworben, während ich in Wirklichkeit – ich wiederhole es – ein Dieb bin. Ich habe Freunde und Feinde betrogen, alle, einfach alle.

Hin und wieder überkommen mich Zweifel. Ich bezeichne das nicht als Gewissenskrise, weil ich nicht glaube, ein Gewissen zu besitzen, und wenn ich zufällig entdeckte, daß ich doch eins besitze, würde ich mich als erster darüber wundern. Ich frage mich also, ob es richtig ist, diese Verstellung, diesen Schwindel aufrechtzuerhalten. Ich habe aus mir eine Person gemacht, die mir nicht nur nicht entspricht, sondern die das reine Gegenteil dessen ist, was ich in Wirklichkeit bin. Meine Frau, meine Kinder, meine Freunde leben und verkehren mit einer falschen Persönlichkeit, die von Kopf bis Fuß erfunden ist. Aber ich weiß sehr gut, daß ich inzwischen ein Gefangener dieser Täuschung bin, und daß es mir nicht gelingen wird, mich von ihr zu befreien. Somit bin ich in zweifacher Hinsicht unehrlich, ich bin erstens von Natur aus unehrlich, und zweitens bin ich unehrlich, weil ich allen vorspiele, ein Muster an Ehrlichkeit zu sein. Sagen Sie mir jetzt bitte nicht, das sei eine pirandellianische Situation. Nein, Pirandello hat damit absolut nichts zu tun, denn meine zweite Persönlichkeit ist nur eine Verstellung und hat nichts mit den höchsten Problemen der verdoppelten oder verdreifachten Wahrheit zu tun.

Wenn jemand beschließt, seinen Nächsten zu betrügen, braucht er die Kraft, den Ekel zu überwinden. Ich hasse die Armen, ich hasse schmutzige Menschen, ich bin der Meinung, daß Armut mit wenigen Ausnahmen die gerechte Strafe für jemanden ist, der keine Lust hat zu arbeiten, und daß schmutzige Menschen festgenommen und ins Gefängnis gesperrt werden sollten. In der Stadt herumlungernde Penner bieten ein übles Schauspiel, schädigen den Tourismus und liegen dem Staat auf der Tasche, weil sie die Straßen mit Flaschen, Plastiktüten, Papierfetzen und Zigarettenstummeln verdrecken. Früher gab es wenigstens noch Penner, die die Zigarettenstummel aufhoben, aber jetzt rauchen auch die schon Zigaretten mit doppeltem Filter und lassen die Stummel auf den Boden fallen oder werfen sie noch glühend in die Abfalleimer, wodurch sie jeden Tag kleine Brände verursachen. Trotzdem lade ich jedes Jahr am Dreikönigstag die Penner meines Viertels zu mir nach Hause ein und setze ihnen ein herrschaftliches Mahl vor. Letztes Mal hat sich einer von ihnen beschwert, daß es italienischen Schaumwein anstatt französischen Champagners gegeben habe. Anstatt ihn fertigzumachen, rechtfertigte ich mich und erklärte ihm, ich hätte nur deshalb ein italienisches Produkt gewählt, weil ich es den Franzosen heimzahlen wollte, die die italienischen Weine mit einem Embargo belegt hätten. Inzwischen gelingt es mir so gut, Liebe zu diesen Pennern vorzutäuschen, daß ich ganz vergesse, sie zu hassen.

Ich stelle fest, daß meinen betrügerischen Verhaltensweisen ein wahrscheinlich einzigartiger Widerspruch zugrundeliegt: Durch ununterbrochenes Betrügen und Schwindeln ist es mir gelungen, ein durch und durch guter Mensch zu werden. Ich habe in jeder Situation zwei Wahlmöglichkeiten: Die erste, die meiner wahren Persönlichkeit entspricht, würde mich zu einem äußerst schlechten Benehmen verleiten. Die zweite Möglichkeit, die nur dem entspricht, was ich vortäuschen möchte, ist die Straße der Falschheit, des Betrugs, des Schwindels. Indem ich also meiner wahren Natur zuwiderhandle, sie verfälsche und verberge, ist es mir gelungen und wird es mir auch weiterhin gelingen, mich ein Leben lang als beispielhafter Mensch zu verhalten.

Noch einmal: Ich habe ein Leben lang vorgetäuscht, sehr intelligent zu sein, und ich habe mich so verhalten, daß es alle geglaubt haben, wie gesagt habe ich sogar eine kleine Abhandlung über Beton geschrieben. Das war mein Meisterwerk in meiner Laufbahn als Betrüger. Jetzt überlege ich mir einen Überraschungscoup, und ich bin mir sicher, daß er erfolgreich sein wird, so wie bisher alle meine Projekte erfolgreich waren. Ich werde einen Bestseller schreiben. Ich habe bereits Handlung und Hauptpersonen im Kopf, und auch den Titel. Es wird ein sehr einfach und klar geschriebener Roman sein, in dem jedoch viele philosophische Probleme aufgeworfen werden. Die Geschichte zahlreicher Verbrechen, die aufgrund einer philosophischen Rivalität begangen werden – das scheint mir eine originelle Idee zu sein, oder täusche ich mich? Für gewöhnlich bringen sich die Menschen in den Romanen aus Leidenschaft oder Geldgier um. Bei mir nicht, bei mir werden die vielen Verbrechen von Menschen angezettelt, die ihren Ideen zum Durchbruch verhelfen wollen. Ich weiß, daß ich kein Talent zum Schreiben habe, ich bin sogar völlig unbegabt, aber ich habe schon einen historischen Bestseller gekauft, der sich für mein Vorhaben bestens eignet. Ich werde das Schema kopieren, jedoch andere Worte und andere Ideen einsetzen, ich werde die Handlung in die Gegenwart verlegen und auch das Ambiente auswechseln. Niemand wird bemerken, daß ich mir dieses Buch zum Vorbild genommen habe. Ich besitze eine diabolische Schläue.

Nach diesem Bestseller werde ich schließlich das bedeutendste Werk meines Lebens in Angriff nehmen, eine Autobiographie, in der ich von allen meinen Schwindeleien erzähle, wo ich alles ohne jegliche Verstellung darstelle. Nachdem ich mich immer für die edelsten und großzügigsten Verhaltensweisen entschieden habe, werde ich endlich aus ganzem Herzen aufrichtig und böse sein. Wer lacht? Da gibt es nichts zu lachen.

Allergie

Ich habe immer schon auf meine Gesundheit geachtet, ich bin keiner von denen, die sich nichts anmerken lassen, wenn es ihnen schlecht geht, und die dann eines Tages im Krankenhaus landen. Nein, sobald ich ein kleines Wehweh habe, laufe ich zum Arzt und befolge alle seine Ratschläge. Ich habe einen praktischen Arzt für die kleinen Beschwerden und einen Spezialisten für die Lunge und für Allergien, und dann noch zwei Zahnärzte und einen Augenarzt. Auf die Zähne achte ich besonders, denn die Zähne sind der Spiegel der Seele.

Seit zwei Monaten habe ich nun jedoch keinerlei Beschwerden, das heißt, ich fühle mich gut, ich bin kerngesund oder glaube es zumindest. Ich bin zwar nicht wirklich besorgt, aber langsam beginnt mich die Sache zu beunruhigen. Seit zwei Monaten sind nun sogar die Allergien verschwunden, die manchmal mit ziemlich lästigen Beschwerden verbunden waren, mit Heuschnupfen etwa oder Asthma. Seit zwei Monaten jedoch rein gar nichts. Ich habe mir gesagt, daß da etwas nicht in Ordnung ist, man kann nicht völlig gesund sein. So habe ich begonnen, mir Sorgen zu machen. Ich habe mich meiner Frau anvertraut, die natürlich kein Verständnis für mein Problem hatte, sofern man es überhaupt als Problem bezeichnen kann, und die sagte: »Danke dem Himmel dafür, daß du gesund bist«, und dergleichen mehr. Sehr ärgerlich.

Ich beschloß, zum Arzt zu gehen, aber zu welchem? Ich schätze meinen praktischen Arzt sehr, aber er hat ein zu vertrautes Verhältnis zu meiner Frau, und das Ganze wäre in Klatsch ausgeartet. So habe ich mich für meinen Lungenarzt entschieden, der auf Allergien spezialisiert ist. Er ist ein berühmter Universitätsprofessor, und wenn ich zu ihm gehe, gibt er mir Unterricht, als ob er auf der Lehrkanzel stünde. Ich verstehe fast alles, was er sagt, und wenn ich ihn einmal nicht verstehe, lasse ich mir nichts anmerken, damit er keine Zeit mit Wiederholungen verliert. Die Allergien sind eine geheimnisvolle Krankheit, oder besser gesagt, sie sind gar keine Krankheit, sondern eine Anomalie, also etwas sehr Seltsames. Ich zum Beispiel bin gegen ziemlich alles allergisch, gegen Blütenpollen, Schimmelpilze, Leder, Nylon, Staub, Lacke, Vogelfedern, Katzenhaare und vieles mehr. Ich glaubte sogar, ich wäre gegen gewisse Geräusche allergisch, aber der Arzt sagte mir, das sei unmöglich. Manchmal beginne ich plötzlich zu niesen, und das Niesen dauert dann fast eine Stunde, ohne daß ich den Grund dafür wüßte. Wie aus den Allergie-Tests hervorgeht, die ich einmal im Jahr mache, bin ich jedoch gegen manche Dinge allergischer als gegen andere. Bei manchen Blumen, zum Beispiel Fuchsien, beginne ich nicht nur zu niesen, sondern auch zu weinen, oder besser gesagt, meine Augen beginnen zu tränen. Ich hasse Fuchsien, ich finde sowohl ihre Form als auch ihre Farbe häßlich. Sobald ich eine Fuchsie sehe, laufe ich davon. Ich brauche mich nur ein paar Minuten in der Nähe dieser Blume aufzuhalten, und schon bekomme ich einen allergischen Anfall, der bis zu einer Stunde oder länger dauern kann. Einmal habe ich eine Wohnung betreten, wo ein gerahmtes Aquarell einer Fuchsie hing. Ich habe zu niesen begonnen, als ob die Fuchsie echt sei. Ich habe also meine Gründe, wenn ich sage, Allergien seien etwas Geheimnisvolles.

Ich habe dem Professor von dem Vorfall mit der gemalten Fuchsie erzählt, aber auch er hat keine Erklärung gefunden. Ich habe jedoch gesehen, daß er sich auf einem Zettel Notizen machte, und als ich hinausging, sagte er: danke. Für gewöhnlich bedankt sich der Patient beim Arzt, aber diesmal bedankte er sich bei mir. Ich mußte nicht einmal ein Honorar für die Untersuchung bezahlen.

Also ging ich zu ihm, um ihm von meinem neuen Kummer zu erzählen. Ich sagte gleich am Anfang zu ihm: Wundern Sie sich nicht, Herr Professor, aber ich komme zu Ihnen, weil es mir seit zwei Monaten wirklich gut geht. Er blickte mich lächelnd an und sagte: Erzählen Sie mir alles. Er schien überhaupt nicht verwundert zu sein, und so begann ich ganz frei zu erzählen. Ich erklärte ihm, daß ich seit zwei Monaten keinerlei Beschwerden hätte, und daß ich dies für unglaublich hielte. Ich fürchtete, daß sich hinter diesem scheinbaren Wohlbefinden eine Arglist der Natur verberge. Manchmal macht sich die Natur lustig über uns, sie liegt auf der Lauer, um unerwartet loszuschlagen. Kurz und gut, man muß der Natur mißtrauen, vor allem dann, wenn es einem scheinbar gut geht.

Der Professor sagte: Fahren Sie fort, erzählen Sie mir alles. Ich schwieg einen Augenblick, weil ich bereits alles gesagt hatte. Es ging mir gut, wirklich, und ich konnte es nicht glauben. Ich hatte das Gefühl, als würde ich ohne meine Allergien im luftleeren Raum schweben. Mir war ein Lapsus unterlaufen, anstatt Allergie hatte ich »Allegria« gesagt, also Fröhlichkeit. Das Leben besteht aus vielen kleinen Schmerzen, sagte ich, man spürt seinen Körper eben aufgrund dieser vielen kleinen Schmerzen, und im Augenblick hatte ich das Gefühl, »körperlos« zu sein, denn ich spürte meinen Körper nicht mehr. In diesen beiden Monaten hatte ich nicht den kleinsten allergischen Anfall gehabt: kein Niesen, kein Juckreiz an den Knöcheln oder auf dem Handrücken, nichts. Das Nichts ist schrecklich.

Der Professor hörte mir interessiert zu, und da ich mich stets wiederholte, begann er mir schließlich Fragen zu stellen. Schlaflosigkeit? Nein. Angst? Auch nicht. Appetitlosigkeit? Auch das nicht. Ich stellte fest, daß er auch diesmal wie nebenbei Notizen auf einen Zettel machte, aber natürlich konnte ich nicht lesen, was er schrieb, er hat eine sehr kleine Schrift, und außerdem ist es schwierig, verkehrt herum zu lesen. Dann sagte er, das alles könne zum Krankheitsbild des atopischen Patienten gehören, ich erinnere mich genau an das Wort »atopisch«. Ich wußte nicht, was es bedeutete, und beschloß, zu Hause im Lexikon nachzuschlagen. Dann fragte er mich, ob ich mit jemandem über meinen Zustand gesprochen hätte, und lächelnd fügte er hinzu, als »Krankheit« könne man ihn ja nicht bezeichnen. Ich sagte, daß ich meiner Frau gegenüber ein paar Andeutungen hatte fallen lassen, daß sie jedoch kein Verständnis für mein Problem aufbrachte. Wie war die Beziehung zu meiner Frau? Ganz gut, sagte ich, von dem einen Mal abgesehen, als sie mich in den Bracciano-See werfen wollte, aber das ist inzwischen vergessen und vergeben. Sie erinnern sich aber noch daran, sagte der Professor. Die Erinnerung funktioniert losgelöst von allem anderen, sagte ich, aber für mich war es, als sei die Episode nie geschehen, ich war ihr nicht böse deswegen. Sie sind also ruhig und ausgeglichen? Ich sagte ja.

Ich stellte fest, daß der Professor aus der Sache nicht klug wurde, er wußte nicht, was er sagen sollte, und letzten Endes gestand er mir, daß er für meinen Fall keine Erklärung finde. Es mag Ihnen eigenartig erscheinen, sagte er, daß ein Arzt ein derartiges Geständnis macht, aber ich muß ehrlich sein zu meinen Patienten, sonst kann ich kein Vertrauen von ihnen verlangen. In diesem Punkt unterscheidet sich ein intelligenter Arzt von einem durchschnittlichen: Ein intelligenter Arzt kann gestehen, daß er sich einen Fall nicht erklären kann, während ein durchschnittlicher Arzt etwas erfindet, Gründe sucht, wo es gar keine gibt, dich um jeden Preis behandeln will. Und während der

Arzt Gründe sucht und Therapien verordnet, kann es vorkommen, daß der Patient stirbt.

Plötzlich sah mir der Professor fest in die Augen, packte mich am Kinn, damit ich den Kopf nicht bewegen konnte, und sagte mir, ich solle meine Nasenspitze betrachten. Das habe ich mir gedacht, sagte er. Was hatte er sich gedacht? Jetzt blickte ich in die Augen des Professors. Sie leiden unter einer Heterophorie, einer ziemlich seltenen Krankheit, die auch unter dem Namen latenter Strabismus bekannt ist. Ich hatte noch nie davon gehört. Sie haben Ihre Nasenspitze von beiden Seiten gesehen, nicht wahr? Ich wies ihn darauf hin, daß ich eine ziemlich lange Nase habe, aber er sagte, die Sache sei auf jeden Fall anormal, ich hätte eine verminderte Funktionsfähigkeit der Augenmuskeln, und es wäre möglich, daß ich von einem Moment auf den anderen zu schielen begänne. Deshalb hieße es auch latenter Strabismus. Die Sache gefiel mir ganz und gar nicht, und ich sagte, ich sei bereit, mich allen notwendigen Therapien zu unterziehen, aber der Professor schüttelte den Kopf, als wollte er sagen, da sei nichts zu machen. Und er fügte hinzu, wenn ich im Alter von weniger als vier Jahren draufgekommen wäre, hätte man mit einer speziellen Augengymnastik Abhilfe schaffen können, aber jetzt wäre es zu spät. Ich hatte also eine seltene und unheilbare Krankheit. Der Professor fühlte sich verpflichtet, mich zu beruhigen. Er sagte, latenter Strabismus hätte keinerlei negative Auswirkungen, ich bräuchte keinerlei Beschwerden zu befürchten, und niemand würde es bemerken, es gäbe also keinen Grund, mir Sorgen zu machen. Auch für den Rest fand er eine Erklärung: Ich sei eben ein latenter Kranker, nichts anderes. Der Professor erhob sich, und ich verstand, daß die Untersuchung zu Ende war. Nach der ersten Reaktion war ich jetzt ziemlich zufrieden, ich drückte ihm die Hand und dankte ihm. Als ich aus dem Haus war, begann ich heiter zu pfeifen.

Kaum war ich zu Hause, schlug ich im Lexikon nach, was »atopisch« bedeutet, aber als ich es gefunden hatte, war ich ein wenig enttäuscht.

Zwei Ohrfeigen

Das Ganze hat begonnen, als ich diese Sache mit meiner Frau entdeckte, von der ich nicht genau weiß, wie ich sie definieren soll. Ehebruch? Das ist ein viel zu allgemeines Wort, und ich bin es gewohnt, genau zu sein. Denn ein Ehebruch kann physischer oder geistiger Natur sein, und der Unterschied ist ein beträchtlicher. Er kann auch nur geistiger Natur sein, wenn die Frau den Wunsch hegt, dich zu betrügen, es jedoch nicht tut. Es gibt sogar ein Gebot, in dem es heißt, du sollst nicht die Frau deines Nächsten begehren. Ich hoffe, daß es sich in meinem Fall um einen Ehebruch dieser Art handelt, aber auch dann dürfte es nicht heißen: die Frau deines Nächsten, sondern es müßte heißen: den Mann deiner Nächsten. Und in Wirklichkeit würde nicht einmal das genau stimmen, denn der Bürgermeister des Dorfes, dem meine Frau diese feurigen Blicke zuwirft, gehört keiner Frau, er ist nicht verheiratet und nicht einmal verlobt. Aber lassen wir dieses einseitige Gebot beiseite, lassen wir die feurigen Blicke beiseite, die meine Frau dem Bürgermeister zuwirft, wenn er meinen Laden betritt. Ich frage mich, wie ich mich in dieser Situation verhalten soll. Vielleicht sollte ich unter vier Augen mit meiner Frau sprechen, um in Erfahrung zu bringen, was sich hinter diesen Blicken verbirgt. Oder vielleicht sollte ich sie einfach ohrfeigen. Aber kann ich sie wegen vier oder fünf Blicken im Jahr ohrfeigen? Von dem Mißverhältnis zwischen geistigem Ehebruch und manueller Bestrafung einmal abgesehen, ist es bei meinem Beruf nicht ratsam, Taten zu vollbringen, von denen man im Dorf sehr wenig halten würde. In anderen Worten: Die Ohrfeige, die der Gerichtsschreiber seiner Frau verpaßt, unterscheidet sich von der des Richters, die Ohrfeige, die ein Drogist seiner Frau gibt, ist anders als die eines Metzgers. Denn eben mein Beruf als Metzger bringt mich in Verlegenheit. Auch wenn der Metzger in seinem Wesen und seinem Verhalten noch so friedlich ist, wird er strenger beurteilt als jeder andere Bürger. Der Metzger hält den ganzen Tag das Messer in der Hand und muß sich deshalb vor Gewalttätigkeit hüten. Also schlucke ich alles schweigend hinunter, seit zwei Jahren leide ich nun, ohne ein Wort zu sagen, und aus diesem Grund befinde ich mich jetzt in Schwierigkeiten, ist mein ganzes Leben blockiert. Vielleicht ist es übertrieben zu sagen: mein ganzes Leben. »Blockiert« bedeutet vor allem, daß ich nicht mehr imstande bin, meine Arbeit zu verrichten, und daß ich, wenn es so weiter geht, meinen Laden schließen muß.

Früher war ich bei meiner Arbeit so genau und effizient wie kaum ein anderer, sogar aus den Nachbardörfern kamen sie, um bei mir Fleisch zu kaufen. Ich wählte nur Tiere aus, die im Freien aufgewachsen waren, weil deren Fleisch trockener und schmackhafter ist, und Rinder nur von der Chiana-Rasse, wenn ich sicher war, daß die Tiere auf die Weide geführt wurden, denn die im Stall aufgezogenen sind fast immer lungenkrank. Ich kenne jeden einzelnen Bauer aus der Gegend und weiß, wie er sein Vieh aufzieht. Ich habe nie bei denen gekauft, die ihrem Vieh chemische Futtermittel verabreichten, und schon gar nicht bei den großen Züchtern, die das Fleisch mit Östrogenen aufschwemmen. Und wenn sie keine Östrogene verwenden, die ja gesetzlich verboten sind, hängen die großen Züchter einen Leckstein vor die Tränke, so daß die Tiere ständig Durst haben und trinken. Wenn man dann das Fleisch kocht, löst sich ein Großteil im Wasser auf. Gleich nach der Güte des Fleisches kommt die Güte des Schnitts. Es ist nicht einfach, das Fleisch zu schneiden, die einzelnen Stücke zu unterscheiden und die Kunden zu beraten. Ein Stück, das sich gut als Roastbeef eignet, ist zum Beispiel der sogenannte »Abstich«, wo man an der Kugel ansetzt und gleichzeitig die Halbschale berührt. Diese Dinge muß man wissen. Ein anderes Stück, das ich als Roastbeef empfehle, ist natürlich das Filet, aber man muß das Herz des Filets vom Kopf unterscheiden können, der unregelmäßig und von viel schlechterer Qualität ist und im Inneren einen äußerst harten Nerv besitzt, der beim Schneiden Schwierigkeiten macht. Die Leute, die Fleisch kaufen, wissen das alles nicht, das heißt, sie haben keine technischen Kenntnisse, aber wenn man ihnen zwei- oder dreimal ein schlechtes Stück gegeben hat, sind sie ein paar Monate lang unzufrieden und essen tiefgefrorenen Fisch.

Die Menschen hier im Dorf haben einen sehr einfachen Geschmack, wahrscheinlich können sie das Rippenstück nicht vom Zwischenrippenstück unterscheiden, die Kugel nicht von der Halbschale, die zarte Brust nicht von der groben, aber bei Tisch wissen sie plötzlich alles und stellen eine Beziehung her zwischen dem, was sie essen, und dem, was sie ausgegeben haben. Ich glaube, in acht Jahren immer alle zufriedenstellend bedient zu haben, sogar die, die Fleisch für den Hund kauften oder Innereien für die Katze verlangten. Dann passierte diese Sache mit meiner Frau und dem Bürgermeister, und als erstes hat meine Arbeit darunter gelitten.

Zum ersten Mal habe ich mir Sorgen gemacht, als ich feststellte, daß ich die Augen schließen mußte, wenn ich das Fleisch für meine Kunden schnitt. Ich mußte die Augen schließen, und ich sagte mir, offenbar bin ich erschöpft, das sind genau die nervösen Ticks, wenn man erholungsbedürftig ist. Ich habe mir eine Woche Urlaub genommen. Die Leute beklagten sich, aber es war August, und auch ich habe ein Recht auf eine Woche Sonne und Meer. Dann bin ich an meinen Verkaufstisch zurückgekehrt, und das Ganze begann von vorne, nur noch schlimmer als zuvor. Nun konnte ich die Augen nicht mehr vor der Realität schließen, die etwas anders war als ich mir vormachte. Es war nicht Müdigkeit, und wenn es doch Müdigkeit war, dann steckte etwas anderes dahinter. Wenn ich zum Beispiel einen Rinderhals schnitt, den man für Ragout verwendet, sah ich unter meinem Messer den Hals des Bürgermeisters. Und wenn ich das Rippenstück, den Lungenbraten, die Kugel oder die Halbschale schnitt, sah ich unter mir die Rippen, die Lenden, den Schenkel meines Rivalen. Das mag vielleicht seltsam klingen, aber für einen erfahrenen Metzger ist es ganz natürlich, sich den menschlichen Körper vorzustellen, als wäre er der eines Rindes, und die jeweiligen Stücke zu bestimmen. Der Körper des Menschen ist im großen und ganzen genauso aufgebaut wie der des Ochsen, einmal abgesehen von den unterschiedlichen Proportionen.

Ich hatte nicht den Mut, mich jemandem anzuvertrauen, und noch weniger hatte ich Lust, mit meiner Frau zu sprechen. Immer wenn ein Kunde hereinkam und ein Stück Fleisch verlangte, wurde mir schlecht, denn ich hielt es einfach nicht mehr aus, den Bürgermeister des Dorfes zu zerstückeln. Wie man leicht verstehen wird, haßte ich ihn, denn wie sollte ich den Menschen nicht hassen, der mein Eheleben durcheinander gebracht hatte? Ich haßte ihn, aber deshalb wollte ich ihn nicht mit meinen Messern zerstückeln. Verlangte jemand Hackfleisch, lief es mir kalt über den Rücken. Wie verarbeitet man den Bürgermeister seines Dorfes zu Fleischklößchen? Außerdem war er ein ehrenhafter Bürgermeister, ein seltenes Tier. Selbst wenn ich ihn eines geistigen Techtelmechtels mit meiner Frau verdächtigte – und nicht einmal das war sicher – durfte ich ihm gegenüber nicht so gewalttätig sein. Kurz und gut, ich wollte kein Mörder sein, ich durfte mich nicht an die Vorstellung gewöhnen, ihn jeden Tag aufs neue umzubringen. Wenn ich mich gehen ließ, riskierte ich, Schritt für Schritt ein richtiger Mörder zu werden, und vielleicht hätte ich ihm eines Tages im Dunkeln hinter einer Hecke aufgelauert, mit einem Messer in der Hand. Dieser Gedanke ängstigte mich.

Der Bürgermeister wohnte bei seiner Tante, die bei mir Fleisch kaufte. Wenn sie kam, war ich richtiggehend verzweifelt. Ich versuchte ihr mehrmals zu sagen, daß ich das Stück, das sie verlangte, nicht hatte, aber sie sagte: Macht nichts, geben Sie mir ein anderes, mache ich eben Ragout und kein Schnitzel. Ich fuhr fort, ihr Schwierigkeiten zu machen, lächerliche Ausreden zu suchen, bis sie beleidigt war und ein paar Wochen lang tiefgefrorenen Fisch kochte. Der Bürgermeister tauchte nur selten in meinem Laden auf, aber als seine Tante beleidigt war, kam er zwei- oder dreimal. Und meine Frau, die mir hilft, das Fleisch abzuwiegen und die Rechnung in die Kasse einzutippen, begann wieder feurige Blicke zu werfen. Ich wußte nicht mehr ein und aus, und ich stellte mit Schrecken fest, daß ich die Stücke des Bürgermeisters inzwischen nicht nur ohne Zögern zerschnitt, sondern sogar mit einem Genuß, der mir bis zu diesem Augenblick unbekannt gewesen war. Kurz und gut, es war genau das eingetreten, was ich immer befürchtet hatte: Ich hatte mich Schritt für Schritt an die Vorstellung gewöhnt, den Bürgermeister umzubringen.

Ich habe mit meiner Frau gesprochen. Nein, nicht über die Blicke zwischen ihr und meinem Rivalen, sondern daß ich beabsichtigte, den Laden zu schließen und mich von der Arbeit zurückzuziehen, andernfalls müsse ich mit einem Nervenzusammenbruch rechnen. Meiner Frau verschlug es vor Überraschung die Sprache. Sie verstand nicht, sie konnte meine plötzliche Laune nicht begreifen und wollte mich zu einem Arzt bringen; sie sagte, fahren wir zusammen ins Krankenhaus nach Colorno, laß dich untersuchen. In Colorno befindet sich das Krankenhaus für Geisteskranke, das Irrenhaus also. Ich wurde wütend und gab ihr eine Ohrfeige, daß es ihr den Kopf nach hinten riß. Sie sah mich mit offenem Mund und vor Angst weit aufgerissenen Augen an. Diesen Moment nutzte ich, um ihr eine zweite Ohrfeige zu geben, die ihr den Kopf auf die andere Seite schleuderte. Da legte sie die Hände vors Gesicht, begann zu weinen und zu jammern: Ich Arme, mein Mann ist verrückt geworden. Die Ärmste dachte, ich sei verrückt geworden, statt dessen war ich wieder genesen, die beiden Ohrfeigen hatten mir das Gleichgewicht zurückgegeben, das ich verloren hatte. Am Tag darauf kehrte ich an den Ladentisch zurück und begann wieder Fleisch für meine Kunden zu schneiden. Ganz ruhig, ganz wie früher, die beiden Ohrfeigen hatten ein Wunder bewirkt. Ich scherze mit den Kunden, meine gute Laune ist zurückgekehrt, aber meine Frau ist jetzt etwas ernster als zuvor und betrachtet mich hin und wieder mit einem Anflug von Argwohn, und wenn hin und wieder der Bürgermeister hereinkommt, sieht sie ihn gar nicht an, von den feurigen Blicken ganz zu schweigen, die mich haben den Kopf verlieren lassen.

Der ausgestopfte Affe

Wenn ich sage, ich habe beschlossen, auf meinen Arbeitsplatz zu verzichten, weil ich eine schlechte Beziehung zu einem ausgestopften Affen habe, weiß ich schon im voraus, daß ich im ersten Augenblick nur auf Unverständnis stoßen werde. Ich möchte trotzdem meine Geschichte kurz erzählen, auch deswegen, um mich selbst zu vergewissern, ob meine Entscheidung begründet ist und ob mein Unbehagen ausreicht, sie zu rechtfertigen. Immer wenn ich feststelle, daß ich eine falsche Entscheidung getroffen habe, denke ich weiter darüber nach, so lange, bis ich sie für richtig halte. Das ist meine Methode, sie funktioniert fast immer und führte bis jetzt auch fast immer zu guten Resultaten. Das »fast« habe ich aus Bescheidenheit hinzugefügt, weil ich von Natur aus bescheiden bin.

Also, mein Vater war Forscher in Afrika. Ich weiß nicht, ob »Forscher« das richtige Wort ist, denn er wollte keine unbekannten Länder entdecken, sondern er suchte Tiere, er sammelte lebende und tote, moderne und prähistorische Tiere. Er hat den berühmten Dinosaurier-Friedhof im äußersten Süden der Sahara entdeckt, er hat siebenundzwanzigtausend neue Arten von Insekten entdeckt und katalogisiert. Die Zahl ist mir erst jüngst von den Direktoren zweier Naturgeschichtsmuseen in Amsterdam und Lyon bestätigt worden.

Ich habe die Insekten an erster Stelle erwähnt, aber meinem Vater gefielen vor allem die großen Tiere, die er mit der Hilfe von Eingeborenen lebend fing und dann an Zoos in ganz Europa verkaufte. Die Tiere, die er nicht lebend verkaufen konnte, tötete er und stopfte sie aus. Manche von ihnen sind wahre Raritäten, wie zum Beispiel der Riesensalamander, der über einen Meter lang ist und nicht nur wegen seiner außergewöhnlichen Größe berühmt geworden ist, sondern auch wegen dem rätselhaften und geheimnisvollen Lächeln auf seinen Lippen, das von den Freunden der Naturgeschichte genauso bewundert wird wie das Lächeln von Leonardos Mona Lisa von den Liebhabern der Malerei.

Allmählich verwandelte sich unser Landhaus zu einem Museum ausgestopfter Tiere, und wenn mein Vater von seinen jährlichen Afrika-Reisen zurückkehrte, wurde es ein paar Monate lang auch zu einem chaotischen und turbulenten Zoo. Bis die Beauftragten der verschiedenen Zoos kamen, um die interessantesten Exemplare zu kaufen, mußten Giraffen, Affen, Zebras, Nilpferde, Krokodile, Schlangen und verschiedene Vogelarten in ein- und derselben Hütte zusammenleben. Die »Reste« wurden von meinem Vater getötet und ausgestopft. Mit den »Doubletten« setzte er zum Spaß Phantasie-Tiere zusammen, so montierte er zum Beispiel den Kopf eines Affen auf den Körper einer Giraffe, an dem er dann noch die Flügel eines Kranichs und den Schwanz eines Löwen befestigte. Es waren absurde und monströse Wesen, von denen jedoch eine gewisse Faszination ausging wie von allen Monstern. Mein Vater hatte mehrere solche phantastischen Tiere zusammengesetzt und hoffte immer, daß sie ihm jemand abkaufen würde, aber soweit ich mich erinnere, ist es ihm nie gelungen, eines zu verkaufen. Die Menschen haben keinen Sinn für Phantasie und betrachten argwöhnisch jegliche Überschreitung der natürlichen Ordnung. Das war für meinen Vater eine schwere Enttäuschung.

Ich habe die Affen schon zweimal erwähnt, ohne zum

wahren Kern meines Problems zu kommen. Mein Vater liebte Affen sehr und brachte von seinen Expeditionen immer eine große Anzahl davon mit, das Haus war immer voller Affen. Diese Tiere haben bei uns zu Hause verschiedene Probleme verursacht. Vor allem gelang es meinem Vater nie, sie gewinnbringend zu verkaufen. Es bestand zwar immer große Nachfrage, aber auch die Konkurrenz war groß. Zweitens sind Affen hinterhältige und hysterische Tiere, die manchmal bösartig und kindisch zugleich sein können. Ihre Anwesenheit im Haus war der Hauptgrund, warum meine Mutter eines Tages auf- und davongegangen ist und uns alleingelassen hat. Zwar gab es da auch noch einen Artillerie-Offizier, aber den endgültigen Beschluß faßte sie erst, nachdem ein Affe ihren Schrank geöffnet und ihren Biberpelz zerfetzt hatte. Und ich bin das letzte Opfer der Affen.

Ich erinnere mich, wie ich eines Tages von der Schule nach Hause kam und die Wiese von dichten Rauchschwaden verhüllt war. Mein Vater hatte alle seine Phantasie-Tiere auf einen Haufen geworfen und sie angezündet. Sie beanspruchten inzwischen zuviel Raum, und seitdem meine Mutter davongelaufen war, stanken sie auch ziemlich. Mein Vater konnte niemanden bezahlen, der sich um sie gekümmert hätte, und wie man weiß, ist Feuchtigkeit sehr schädlich für das Gewebe ausgestopfter Tiere. Ich sah, wie meinem Vater Tränen in den Augen standen, nicht wegen dem beißenden Rauch, der von dem Haufen ausging, sondern aus Gram. Ich war damals sechzehn Jahre alt und wußte, wie sehr mein Vater seine Monster liebte. Ein paar Tage später brach er zu einer neuen Afrika-Expedition auf und legte mir ans Herz, mich in besonderer Weise um das Affenweibchen Dora zu kümmern. Seitdem meine Mutter nicht mehr bei uns war, mußte ich mich um die Fütterung der Tiere kümmern, gemeinsam mit einer alten Tante, die mein Vater ins Haus geholt hatte.

Unter den Affen, die in unserem Haus lebten, war auch ein sehr anmutiger, eine äthiopische Meerkatze mit bunt schillerndem Fell, das violett, braun und weiß leuchtete. Es war ein Weibchen, das mein Vater Dora getauft hatte. Ich hatte mit der Meerkatze Freundschaft geschlossen, oder zumindest schien es so, denn sie folgte mir auf Schritt und Tritt: Wenn ich Hausaufgaben machte, setzte sie sich auf den Stuhl gegenüber und legte die Hände an die Stirn, als wolle sie sich konzentrieren und mir bei der Lösung der Mathematikprobleme helfen, die mir oft genug Kopfzerbrechen verursachten. Auch ich hatte eine Vorliebe für diese Meerkatze, ich gab ihr Erdnüsse, getrocknete Kastanien, und hin und wieder brachte ich ihr auch ein Stückchen Schokolade, denn sie war sehr naschhaft. Eines Tages brachte ich ein Säckchen Pralinen mit nach Hause und ich beobachtete belustigt, wie sie sorgfältig das Staniolpapier entfernte, bevor sie sie in den Mund steckte. Ich gab ihr vier davon, ich erinnere mich ganz genau, dann versteckte ich die restlichen für den nächsten Tag. Dora kam ganz nah an mich heran und verlangte nach mehr Pralinen, aber ich gab ihr statt dessen eine Erdnuß. Dora aß die Erdnuß nicht, sondern biß mir statt dessen einen Finger ab. Es war ein schneller, sauberer Biß, und dann sprang sie auf einen Schrank und kaute, bis sie ihn völlig verschluckt hatte. Ich sah sie wie benommen an und auch sie sah mich an und leckte sich die Lippen. Im Krankenhaus, wohin mich meine alte Tante sofort gebracht hatte, wurde die Wunde desinfiziert, und dann nähten sie mir die Haut rund um den Fingerstumpf zusammen. Nach ungefähr drei Wochen, als die Wunde bereits verheilt war, kam mein Vater nach Hause zurück. Ich sagte ihm nicht sofort, was geschehen war. Er war äußerst schlecht gelaunt, weil die Expedition nicht erfolgreich gewesen war, und ich wollte ihn weder belasten, noch mir von ihm Vorwürfe machen lassen. Schließlich bemerkte er selbst, daß mir ein Finger fehlte, denn nicht einmal die Tante hatte gewagt, es ihm zu erzählen. Er tötete Dora sofort und stopfte sie aus, denn sie war ein wunderschönes Exemplar, vor allem wegen ihres bunt schillernden Fells.

Mein Vater wollte seine Sammlung ausgestopfter Tiere verkaufen, damit er seine Schulden bezahlen konnte, aber seine Versuche schlugen alle fehl. Unsere Stadtgemeinde wollte nicht einmal ein Angebot machen, weil ihr keine geeigneten Räume zur Verfügung standen. Andere Städte und Naturgeschichtsmuseen wollten die Sammlung nicht einmal als Schenkung annehmen, weil sie kein Geld für die Einrichtung von Räumen ausgeben wollten, aber vor allem weil sie die Mühen scheuten. Mein Vater war verzweifelt. Er verkaufte sein Land und behielt nur das Landhaus, in dem wir lebten. Schließlich fand er ein Männerkloster, das sich bereit erklärte, die Sammlung ihrem kleinen Naturgeschichtsmuseum einzugliedern, das die Missionare zusammengestellt hatten. Sie bezahlten keine Lira, aber sie versprachen, mich als Führer anzustellen, wann immer ich wollte. Das ist die Arbeit, auf die ich ein Jahr nach der Einstellung zu verzichten beschlossen habe.

Ich hatte noch nicht einmal einen Monat als Führer im Museum der Klosterbrüder gearbeitet, als ich mir einer Tatsache bewußt wurde, mit der ich nicht gerechnet hatte. Fast in der Mitte der ersten Halle, hinter einer Glaswand, befand sich die äthiopische Meerkatze, die mir den Finger abgebissen hatte, Dora. Wenn ein Besucher kam, führte ich ihn durch die beiden Hallen, denn darin bestand und besteht noch immer meine Arbeit. Aber kaum war ich bei Dora angelangt, gerieten meine Gefühle derart in Aufruhr, daß ich zu stottern und zu schwitzen begann wie mit vierzig Grad Fieber. Einige Male versuchte ich, einen anderen Weg einzuschlagen, um Dora nicht sehen zu müssen, aber das ist beinahe unmöglich, denn sie befindet sich in einer – sagen wir einmal – strategischen Position, und man muß an ihr vorbeigehen, wenn man sich den interessantesten Teil des Museums nicht entgehen lassen will.

Ich habe den Abt des Klosters gebeten, Dora aus der Halle zu entfernen, aber er antwortete mir, er denke nicht im entferntesten daran. Also habe ich ihn gebeten, sie woanders hinzustellen, aber auch diesmal bekam ich eine schroffe und abschlägige Antwort. Ich bin also gezwungen zu denken, daß mich die Klosterbrüder in Schwierigkeiten bringen wollen, in der Hoffnung, daß ich gehe. Offensichtlich wartet bereits ein Bruder darauf, meinen Posten ohne Entgelt zu übernehmen.

Ich habe lange nachgedacht, bevor ich den Entschluß faßte, auf meine Arbeit zu verzichten. Ich habe versucht, meine Gefühle der ausgestopften Meerkatze gegenüber sorgfältig zu analysieren. Man kann nicht gerade sagen, es sei Haß. Schön, sie hat mir einen Finger abgebissen, aber diese körperliche Vermischung hat gewissermaßen eine Art Verwandtschaft zwischen uns hergestellt. Vielleicht verursacht mir meine Weigerung, diese Verwandtschaft anzuerkennen, diesen quälenden Schwindel, wenn ich Dora so nahe bin. Manchmal, wenn keine Wächter da sind, sitze ich am Eingang des Museums, und in Gedanken sehe ich sofort das Bild Doras vor mir, ich schließe die Augen, und sie ist immer da und sieht mich mit ihrem ironischen Blick an. Ich empfinde ihr gegenüber keinen Haß, dessen bin ich ganz sicher, sondern eher die hilflose und auf immer verlorene Liebe des verlassenen Mannes. Dora ist tot und ausgestopft, aber ein Stück von mir ist in ihr zurückgeblieben, ein Teil meines Körpers. Wenn ich an sie denke, verfalle ich in einen Zustand der Depression, aber ich spüre auch eine unsägliche Zärtlichkeit, als ob man mich hypnotisiert hätte, und in mir ist eine große Leere, eine heftige und schreckliche Leere. Eines Nachts träumte ich sogar, daß ich Dora im Fegefeuer inmitten der anderen Sünder wiederfand und wir uns von Flammen umzüngelt umarmten und küßten. Ich habe versucht, diesen Traum zu vergessen, weil ich an Deutungen nicht glaube, jedoch mit dem einzigen Ergebnis, daß ich mich immer mehr im Bann dieses Gefühls befinde und nicht die Kraft finde, mich dagegen aufzulehnen.

Wenn mich diese Schwäche und dieses seltsame Gefühl der Zärtlichkeit übermannt, von dem ich gerade gesprochen habe, bekomme ich beinahe Lust, ein Gedicht zu schreiben. Ich habe Freunde, die aus viel nichtigeren Gründen Gedichte schreiben, aufgrund einer flüchtigen Verstimmung, eines Blicks, einer melancholischen Stimmung. Wer weiß, warum ich den Eindruck habe, allein Verse könnten meine Gefühle für Dora zum Ausdruck bringen. Leider bin ich kein Dichter, die Poesie hat mir im Gegenteil sogar immer etwas Angst gemacht. Ich habe mir auch schon überlegt, ob ich meine Geschichte zu einem Roman verarbeiten soll, aber wen würde schon ein Buch interessieren, dessen Hauptfigur ein Affe ist? Und wenn es mir gelänge, ihn zu schreiben, würde es letzten Endes noch heißen, der Affe symbolisiere irgendetwas: Italien, das ewig Weibliche, den Tod, die Mutter, die Madonna oder was weiß ich. Nein, ich werde weder ein Gedicht noch einen Roman schreiben, ich werde bloß einen Brief an den Rektor des Klosters schreiben, in dem ich ihm mitteile, daß ich aus persönlichen Gründen kündige.

Schwierige Freundschaften

Ich habe sogar den Philosophen Seneca gelesen, aber umsonst. Ich bin von Natur aus empfindlich und schnell beleidigt, ich habe einen schlechten Charakter, und manche sagen sogar, einen sehr schlechten. Wenn du so weitermachst, werden wir letzten Endes allein dastehen, sagt meine Frau, du vertreibst uns alle Freunde, und wir gehen einsam und elend zugrunde wie zwei Küchenschaben. Hin und wieder redet meine Frau wirres Zeug, sie neigt zu dramatischen Darstellungen und Übertreibungen. Ich muß jedoch zugeben, daß sie gar nicht so unrecht hat. Als wir letztes Jahr Ferien in Kalabrien machten, habe ich mich mit Aristide zerstritten, einem Kollegen aus dem Ministerium. Einige Monate vorher hatte ich bei einer Mieterversammlung beschlossen, das Ehepaar Peruzzi nicht mehr zu grüßen. Wir und die Peruzzis wohnen im selben Stockwerk.

Wenn ich an Aristide denke, ist es mir noch immer ein Rätsel, wie ich ihn in der ersten Ferienwoche aushalten konnte. Von morgens bis abends stellte er Vergleiche an. Sein Auto war größer als meines und natürlich fuhr er besser als ich, der Motor seines Schlauchbootes hatte so und so viele PS mehr als der meine, ich schwamm so miserabel, daß ich jedesmal beinahe ertrank, wenn ich ins Wasser ging, weder meine Sonnenbrille sagte ihm zu noch meine Frau. Ich machte gute Miene zum bösen Spiel und schwieg mit zusammengebissenen Zähnen. Ich hatte gerade die Stelle bei Seneca gelesen, wo er zu Lucilius sagt, sei tolerant deinen Freunden gegenüber, tu so, als würdest du ihre Fehler gar nicht sehen. Ich befolgte die Lehren des Philosophen. Ein schwerwiegender Fehler: Je toleranter ich wurde, desto mehr beleidigte mich Aristide. Er verwechselte meine philosophische Weisheit – sehr wohl: meine philosophische Weisheit – mit Schwäche und Trägheit und wurde von Tag zu Tag arroganter. Eines Tages hatte er sogar die Stirn, mir zu erklären, er wäre nicht etwa deshalb Hauptabteilungsleiter im Ministerium geworden, weil er mit einem hohen Sekretär, der klaute und Geld veruntreute, gemeinsame Sache gemacht und ihm dabei geholfen hatte, seine Machenschaften zu vertuschen, sondern schlicht und einfach deshalb, weil er so intelligent sei. Was natürlich hieß, ich hätte keine Karriere gemacht, weil ich dumm war. Da habe ich mir gesagt, es reicht, das ist kein Urlaub mehr. Ich habe meine Frau ins Auto geladen, ja, geladen wie einen Koffer, denn sie wollte bleiben, und dann sind wir abgefahren, ohne uns von jemandem zu verabschieden. Seit damals habe ich Aristide nicht mehr gesehen. Er hat uns zweimal in Rom angerufen und mit meiner Frau gesprochen, weil ich mich weigerte, ans Telefon zu gehen, sonst nichts. Wenn ich ihm hin und wieder auf den Gängen des Ministeriums begegne, grüße ich ihn kaum und bleibe auch nicht stehen, und nächstes Jahr im Sommer werden wir nicht mehr gemeinsam ans Meer fahren wie in den letzten sechs oder sieben Jahren. Ich habe bereits beschlossen, diesmal nach Griechenland zu fahren, denn dort treffe ich ihn bestimmt nicht. Da sieht man, was passiert, wenn man den Philosophen Gehör schenkt: Man verliert seine Freunde.

Es wäre jedoch unehrlich von mir, wenn ich sagte, allein Seneca sei daran schuld. Als ich seine Aufforderungen zur Mäßigung befolgte, ist es zwar schiefgegangen, aber wenn ich bei den kleinen alltäglichen Beziehungen seine philosophischen Maximen außer acht lasse, geht es mir noch schlimmer. Ich wohne in einer sehr kurzen Straße, wo jeder jeden kennt, aber inzwischen lebe ich wie im Exil. Mit dem Zeitungsverkäufer bin ich verstritten, weil er sich einmal geweigert hat, eine Zeitung zurückzunehmen, die ich gekauft hatte, ohne zu wissen, daß meine Frau sie bereits gekauft hatte. Ich versuchte einen Wortwechsel zu vermeiden und habe mich sehr vorsichtig beschwert: Ich gab ihm zu verstehen, daß ich sein Verhalten alles andere als freundlich fand, doch er gab keine Antwort, er stellte sich taub. Seit damals habe ich nie wieder eine Zeitung in seinem Kiosk gekauft: aus, ein für allemal. Ich muß jetzt zu einem Zeitungsverkäufer gehen, dessen Kiosk weit von meiner Wohnung entfernt ist und der noch unsympathischer ist als der frühere. Mit dem Friseur bin ich verstritten, weil er mir einmal unbedingt den Kopf waschen wollte, er hat zwei- oder dreimal auf seiner Absicht bestanden, als ob er mir zu verstehen geben wollte, daß ich fette Haare hätte. Ich habe ihm geantwortet, daß ich mir die Haare zu Hause wasche und zwar wann es mir paßt. Ich habe seinen Laden nie wieder betreten, das wird ihm eine Lehre sein. Zum Bäcker gehe ich schon seit zwei Jahren nicht mehr, seitdem er mir einmal ein Brötchen verkaufen wollte, das er in die Hand genommen hatte, obwohl seine Hände noch naß vom Auswringen des Putzlappens waren. Als ich ihn darauf hinwies, daß er mein Brötchen mit nassen Händen berührt hatte, legte er das eingepackte Brötchen süffisant lächelnd auf den Ladentisch, als ob ich verpflichtet wäre, es zu kaufen. Ich habe den Laden verlassen und das Brötchen liegengelassen, und seit damals gehe ich zu einem anderen Bäcker, in einer anderen Straße. Meine Frau nimmt auf meine gekränkten Gefühle keine Rücksicht und kauft weiterhin beim Zeitungsverkäufer und beim Bäcker und geht sogar ruhigen Gewissens in die Bar gegenüber, die ich seit vier Jahren nicht mehr betrete, weil ich mich mit dem Kellner gezankt habe. Keine Ahnung, wie sie das macht, die Glückliche ist nie beleidigt. Ich habe leider ein schrecklich gutes Gedächtnis, es gelingt mir nie, etwas zu vergessen, und wenn ich einmal beleidigt bin, bleibe ich es jahrelang.

Ich sehe ein, daß meine Frau recht hat – und wie sie recht hat! – wenn sie sagt, daß wir eines Tages allein dastehen werden wie zwei Küchenschaben. Was die Händler anbelangt, ist das nicht weiter schlimm, man wechselt die Straße und findet andere, aber die Freunde lassen sich nicht so einfach von einem Tag auf den anderen ersetzen. Ich habe also beschlossen, mit den wenigen Freunden, die mir noch geblieben sind, vorsichtig umzugehen, auch wenn sie sich noch so widerlich und ekelhaft verhalten. Da ich meinen Charakter nicht ändern kann und es, was auch immer Seneca sagen mag, nicht einfach ist, seine Leidenschaften zu zügeln, habe ich beschlossen, für meine gekränkten Gefühle eine Frist und ein Fälligkeitsdatum festzulegen wie für einen Wechsel. Wenn mich ein Freund beleidigt, versuche ich die Situation gemeinsam mit meiner Frau einzuschätzen, und dann beschließen wir, ob ich einen Monat beleidigt sein soll oder zwei oder drei. In schweren Fällen darf ich auch ein Jahr beleidigt sein, aber nicht länger, denn wenn zu viel Zeit vergangen ist, gestaltet sich die Versöhnung sehr schwierig, äußerst schwierig sogar. Oft kostet es uns große Mühe, zu einer Entscheidung zu gelangen, meine Frau und ich veranstalten eine Art Privatverhandlung, und die Diskussionen dauern Stunden und dehnen sich manchmal bis in die Nacht hinein aus. Wenn wir dann schließlich eine Entscheidung getroffen haben, schicke ich dem Freund ein Kärtchen, auf dem ich den Grund für mein Gekränktsein darlege, die Dauer des Gekränktseins, sowie das Datum der Versöhnung. Für gewöhnlich hält meine Frau aus ehelicher Solidarität zu mir, aber wie ich bereits gesagt habe, ist sie eigentlich nie gekränkt. Anfangs war sie nicht einmal mit meinem Vorgehen einverstanden und sagte, das ist ja ein kindisches Benehmen, deine Freunde werden uns alle auslachen. Dann hat sie eingesehen, daß dies die einzige Möglichkeit ist, endgültige Brüche zu vermeiden.

Inzwischen habe ich einen Kalender, in dem ich alles eintrage: Tag der Kränkung, Grund und Umstände der Kränkung, Dauer derselben, Tag der Versöhnung. Ich arbeite schon seit einiger Zeit in einem Amt des Ministeriums und erfülle meine Pflichten sehr genau und pünktlich, und deshalb fällt es mir auch nicht schwer, bei meinen Privatbeziehungen ebenfalls pünktlich und genau zu sein. Ist die Versöhnung für einen bestimmten Tag vorgesehen, fühle ich mich verpflichtet, diesen Termin auch einzuhalten. Natürlich würze ich das Ganze mit einem ordentlichen Schuß Ironie. Die Ironie ist unerläßlich, wenn man von Außenstehenden nicht negativ beurteilt werden will. Ich weiß, was sonst passieren würde: Jemand sagt etwa zum Scherz, ich sei ein etwas seltsamer und verrückter Typ, und am Ende hält man mich tatsächlich für einen Verrückten, der ins Irrenhaus gehört. Das wäre sowohl für mein Privatleben als auch für meine Karriere von großem Nachteil. Aus genau diesem Grund bin ich auch mit Angelo und Alberta verstritten, seitdem ich erfahren habe, daß sie herumerzählen, ich sei verrückt geworden, und daß sie versuchen, mich bei Freunden lächerlich zu machen, mit denen wir hin und wieder Bridge spielen. Wir haben beschlossen, sie zwei Monate nicht mehr zu treffen, um ihnen klarzumachen, daß es in dieser Angelegenheit nichts zu lachen gibt. Wir haben ihnen ein Kärtchen geschickt und die Versöhnung bei einem Abendessen in einem Restaurant in Trastevere in Aussicht gestellt, für das natürlich ich die Kosten übernehmen werde.

Seitdem ich diese neue Verhaltensweise angenommen habe, versöhne ich mich regelmäßig mit meinen Freunden, nachdem ich mich mit ihnen gezankt habe, auch wenn ich mich manchmal sehr beherrschen muß, meinen Haß zu zähmen. Es ist nicht meine Schuld, wenn ich manchen Freunden gegenüber nichts anderes empfinden kann als Haß. Die Philosophen mögen sagen, was sie wollen, aber der Haß ist ein viel tiefgreifenderes und beständigeres Gefühl als die Liebe, und manchmal ist er nach zwei, drei oder sechs Monaten noch immer so frisch wie an dem Tag, an dem ich mich gezankt habe. Aber im Namen der Freundschaft bin ich zu jedem Opfer bereit.

Zwei Exhibitionisten

Endlich hat man sie aus Rom weggebracht, und zwar bei Nacht und Nebel, um nicht die Erinnyen zu wekken, aber ich hätte nichts dagegen, wenn sie wieder ins Meer stürzten. Ihr Platz ist am Meeresboden, von dort sind sie gekommen, und dorthin sollen sie zurückkehren, diese beiden Exhibitionisten. Es bestreitet ja niemand, daß sie schön sind, aber das eine ist die Schönheit des Kunstwerks und das andere ist die körperliche Schönheit, die Schönheit der Muskeln, damit wir uns recht verstehen, und das eine hat mit dem anderen nichts zu tun. In ästhetischem Sinn schön kann auch die Statue eines Buckeligen oder eines bärtigen Greises wie Michelangelos Moses sein, während im physischen Sinn schön nur die Statue einer schönen Frau oder eines schönen Mannes sein kann. Ein schöner Körper hat also nichts mit Kunst zu tun, und wenn jemand physische Schönheit sehen will, soll er doch bitte in einen Turnsaal oder ins Stadion gehen und nicht ins Museum. Ich habe meiner Frau den Unterschied zwischen den beiden Begriffen so gut wie möglich zu erklären versucht, aber wenn sie nicht verstehen will, ist sie noch schwerer von Begriff als gewöhnlich und ich vergeude nur meine Worte. Geh in einen Turnsaal oder ins Stadion, hätte ich ihr sagen wollen, und nicht aufs Quirinal. Doch leider hatte ich nicht den Mut, es ihr klipp und klar zu sagen, und jetzt ist es zu spät.

Als wir endlich, nach einer Stunde Schlange-Stehen in der prallen Sonne, den Innenhof des Quirinals durchquert hatten, starrte sie mit weit aufgerissenen Augen zuerst auf die eine Statue, dann auf die andere und sagte bloß: Sie sehen aus wie echt. Ich gestehe, daß auch ich zwei Monumente, zwei Giganten erwartet hatte, und statt dessen stand ich nun zwei Männern in Lebensgröße gegenüber, die noch dazu schrecklich nackt waren, was mir beim Betrachten der Fotos in den Zeitungen gar nicht aufgefallen war. Ich sage »schrecklich«, weil ich noch nie zwei derart nackte Statuen gesehen habe. Ob es nun die Bronze war oder die spezielle Patina, die dieses Material manchmal anlegt, jedenfalls brachte die Nacktheit der beiden Krieger mich in eine Verlegenheit wie noch keine nackte Statue zuvor. Ein nackter Mann löst bei einem anderen Mann immer Unbehagen aus, vor allem in Anwesenheit von dessen Frau. Mir persönlich ist ein nackter Mann, ob nun schön oder häßlich, sogar etwas zuwider. Ganz etwas anderes ist jedoch die weibliche Nacktheit. Ein ebenfalls auf unsinnige Weise nackter Körper ist der berühmte von Paolina Borghese, den Canova in Marmor gemeißelt hat. Bei einer Frauenfigur wird die Nacktheit vom Weiß des Marmors betont. Bei einer männlichen Figur hingegen von Bronze. Bronze ist eine »warme« Legierung, die genauso angenehm zu berühren ist wie die menschliche Haut. Wenn sich jemand in der Sonne braten läßt, sagt man ja auch, seine Haut hätte eine »bronzene Bräune«. Aber ich bin nicht zum Philosophieren hier, sondern ich versuche mir nur zu erklären, warum diese beiden verfluchten Bronzefiguren mir zu Hause derart Unfrieden gestiftet haben. Ich habe keine Ahnung, wer auf die Idee gekommen ist, sie in Rom auszustellen, aber ich würde es wirklich gerne wissen.

Viele Zeitungen haben versucht, Gründe für ihren unverhältnismäßigen Erfolg zu finden, aber keines ihrer Argumente konnte mich wirklich überzeugen. Ich glaube, daß es sich genauso verhält wie bei Filmen oder Büchern, die gerade in Mode sind: Der Erfolg führt zum Erfolg. Alle gehen sich einen Film ansehen oder ein Buch kaufen, von dem man gerade spricht, es ist der Herdeninstinkt, der die Menschheit vorantreibt. Viele neigen dazu, aus reinem Nachahmungstrieb das zu tun, was sie die anderen tun sehen: Das sind die dogmatischen Schafe, mit denen man sich nicht unterhalten kann. Dann gibt es noch die dialektischen Ziegenböcke, die sich von der Herde abheben wollen und die zu denken versuchen, aber sie sind selten und vermeiden es, mit der Menge zu sprechen. Die dialektischen Ziegenböcke schreiben in den Zeitungen, treten im Fernsehen auf und vergrößern den Erfolg. Während ich mit meiner Frau vor dem Quirinal Schlange stand, hörte ich mit eigenen Ohren ein Mädchen sagen, sie hätte das Gefühl, die Sixtinische Kapelle zu besuchen. Ich sagte »Mädchen«, aber eigentlich hätte ich sagen sollen »Schaf«. Darin besteht der Mechanismus des Erfolges, doch der wahre Grund ihres Erfolges ist die Tatsache, daß es sich um zwei völlig nackte Männer handelt, ihr Nacktsein hat eine Kettenreaktion ausgelöst.

Zwei oder drei Tage nach dem Besuch auf dem Quirinal sagte meine Frau zu mir, hör zu, ich komme heute etwas später nach Hause, weil ich mir mit meinen Bürokollegen die Bronzestatuen ansehe. Meine Frau arbeitet im Datenverarbeitungszentrum einer Bank von internationalem Ansehen. Ich habe nicht vor, über das intellektuelle Niveau ihrer Kollegen zu sprechen: vertrottelte Arbeitsmaschinen, Leute, mit denen man kein einziges Wort wechseln kann, die nie ein Buch in die Hand nehmen und nicht einmal die Zeitung, Roboter. Wenn man mit Zahlen kommunizieren könnte statt mit Worten, wären sie vielleicht sogar erträglich, sage ich immer zu meiner Frau. Aber sie hat sich bereits daran gewöhnt, und außerdem ist sie, im Vertrauen gesagt, nicht viel besser als ihre Kollegen.

Zunächst sagte ich zu meiner Frau, du hast die Bronzestatuen doch schon gesehen. Und außerdem verstehe ich nicht, warum deine Kollegen, die in ihrem Leben noch nicht einmal einen Blick auf den Moses von Michelangelo geworfen haben, sich jetzt plötzlich die beiden nackten Krieger ansehen wollen. Seit wann interessieren sich deine Kollegen für Bildhauerei? Und im besonderen für die Bildhauerei und die Kultur Griechenlands? Haben sie jemals den Namen Phidias gehört, bevor diese beiden Bronzestatuen nach Rom kamen? Wissen sie vielleicht, was ein Aorist ist? Das alles ist mir egal, sagte meine Frau, ich nütze die Gelegenheit, um mir noch einmal diese beiden großartigen Krieger anzusehen. Warum großartig, fragte ich. Ich finde, sie sehen nicht wie zwei Krieger aus, sondern vielmehr wie zwei exhibitionistische Playboys. Mit diesen Brustwarzen aus Kupfer, vom Rest ganz zu schweigen. Sie senkte den Blick, und ich hatte den Eindruck, daß sie sich ein wenig genierte. Dann stellte sich heraus, daß es sich bei den Kollegen eigentlich um Kolleginnen handelte, und da erschien mir alles plötzlich viel plausibler, und ich stellte keine Fragen mehr. Nicht zuletzt deshalb, damit sie nicht auf die Idee kam, ich wäre insgeheim eifersüchtig. Als sie vor zwei Jahren mit dem Leiter des Rechenzentrums zu einem Elektronik-Kongreß nach Brüssel fuhr und die ganze Reise mit ihm im selben Schlafwagen zubrachte, habe ich nicht einmal mit der Wimper gezuckt. Ich habe kein Sterbenswörtchen gesagt. Also werde ich doch nicht wegen zwei Bronzestatuen eine Szene machen. Allein schon deshalb nicht, um mir ihre sarkastischen Bemerkungen zu ersparen, die meistens ziemlich derb ausfallen und hin und wieder auch schon in Ohrfeigen ausarteten. Ich sagte also nicht mehr als: Geh ruhig mit deinen Kolleginnen, diesen Schafen. Nebenbei gesagt, ist das ein Nest eingefleischter Feministinnen, die noch schlimmer sind als meine Frau. Mit Feministinnen lege ich mich nicht an.

Als sie am Abend nach Hause kam, sprach ich von etwas anderem, als ob mir das alles völlig gleichgültig wäre. Ich spürte, daß sie sich gern darüber unterhalten hätte, aber da machte ich nicht mit, diese Genugtuung wollte ich ihr nicht geben. In der Nacht bemerkte ich, daß sie sich schlaflos im Bett wälzte, und am Morgen darauf sagte sie zu mir, sie hätte Alpträume gehabt. Ich sagte: Das nächste Mal stehst du auf, nimmst ein paar Tropfen Baldrian, und du wirst schon sehen, wie dir die Alpträume vergehen. Sie verzog etwas ungeduldig den Mund, als wollte sie sagen: Du kapierst wirklich nichts, du hast absolut kein Feingefühl und meinst, eine Angelegenheit wie diese, die ganz anderer Natur ist, könne man mit ein paar Tropfen Baldrian bereinigen. Es mag ja sein, daß ich absolut kein Feingefühl besitze, Menschen mit zuviel Sensibilität habe ich immer gehaßt, aber ich wollte mich auf keine Auseinandersetzung einlassen, weil ich dabei immer den kürzeren ziehe. Im Grunde habe auch ich meine Würde, sowohl als Ehemann als auch als Berufsoffizier der italienischen Marine. Mein öffentliches Image ist mir genausoviel wert wie mein privates, das sei somit ein für allemal klargestellt.

Am nächsten Tag um elf rief ich aus meinem Büro im Marineministerium in ihrem Büro im Rechenzentrum an. Man sagte mir, sie sei vor einer Viertelstunde weggegangen. Wo war sie hingegangen? Sie wußten es nicht, aber sie hatte gesagt, daß sie noch vor ein Uhr zurückkommen würde. Ohne Zeit zu verlieren, verließ ich mein Büro, ich rief ein Taxi, weil ich für meine persönlichen Angelegenheiten nie den Dienstwagen nehme, und in zehn Minuten war ich auf dem Platz vor dem Quirinal. Da standen wie üblich zwei Reihen Schafe in Reih und Glied zwischen den Schranken und warteten, daß sie an die Reihe kamen und die beiden sehen durften. Ich hatte mich nicht geirrt, auch meine Frau war da und stand Schlange, inmitten der Herde. Mein erster Gedanke war, sie am Arm zu packen und nach Hause zu schleppen, sie zu beschämen, ihr ihre Schuld vor Augen zu führen. Aber wenn sie mich vor allen Leuten ohrfeigte? Also ergriff ich eine andere, vorsichtigere Taktik: Ich stellte mich hinter ihr an, ohne daß sie mich bemerken konnte. Nach den vielen Sophismen, die in den Zeitungen zu lesen gewesen waren, nach all den Debatten über die griechische Kultur und die Nacktheit, wollte ich begreifen, warum meine Frau, die in der Schule weder Griechisch noch Latein gelernt hatte, zum dritten Mal hierher kam, um sich die beiden anzusehen.

Die Sonne brannte mir auf den Kopf, und es war unmöglich, sich dagegen zu schützen. Ich war schweißnaß, die Augen brannten mir, und in meinen Füßen kribbelte es wie in einem Ameisenhaufen. Endlich ließen sie uns eintreten, mit derselben Gruppe. Am Eingang blieben wir stehen, damit die Wächter den Inhalt unserer Taschen begutachten konnten, und dann noch ein zweites Mal, damit die Gruppe vor uns hinausgehen konnte. Ich hielt den Kopf gesenkt, und nur hin und wieder riskierte ich einen Blick, um zu sehen, was meine Frau machte. Sie wirkte sehr ruhig, sehr konzentriert und in sich versunken, und sie folgte der Gruppe, nach wie vor sehr beherrscht.

Endlich war sie bei den beiden Statuen angekommen, und mir entging keine einzige ihrer Bewegungen, obwohl ich etwas weiter hinten stand. Zuerst betrachtete sie den ersten Krieger, ohne ein besonderes Interesse an den Tag zu legen, dann ging sie schnell zum zweiten weiter, zu dem mit dem birnenförmigen Kopf, dem ein Auge fehlt. Nun, bei diesem streckte sie die Hand aus und streichelte den Bronzefuß mit einem etwas blöden Ausdruck im Gesicht, bis ihr der blau gekleidete Wächter ein Zeichen machte. Da hob sie die Hand, mit der sie die Bronzestatue berührt hatte und strich sich damit übers Gesicht und über die Lippen, und vielleicht küßte sie sogar die Hand, mit der sie den Fuß berührt hatte. Die Gesten und der Gesichtsausdruck meiner Frau sind ein offenes Buch für mich. In diesem Augenblick verstand ich alles: Meine Frau hatte sich in diesen Bronzekrieger verliebt, in den zweiten, der nur ein Auge und einen birnenförmigen Kopf hat. Leider handelte es sich nicht bloß um eine Laune, sondern um Liebe. In mir wuchs genau das gegenteilige Gefühl, ein wilder Haß, nicht auf sie, sondern auf den Krieger mit dem einen Auge.

Hätte ich mich nicht inmitten der vielen Leute und an diesem Ort befunden, und wäre mir mein Rang als Marine-Offizier nicht stets gegenwärtig gewesen, hätte ich mich vor Verzweiflung auf den Boden geworfen. Ich habe mich nicht auf den Boden geworfen, sondern ließ mir nichts anmerken und fuhr sofort nach Hause zurück, allein. Mir war zumute, als wollte man mir den Bauch mit Fingernägeln aufschlitzen, aber ich wollte keine Szene machen. Ich wollte weder bemitleidet werden noch eine Ohrfeige bekommen. Als sie nach Hause kam, sagte ich bloß, daß ich mich scheiden lassen wollte. Ich nannte ihr keinen Grund, und sie fragte auch nicht danach, weil sie ihn besser kannte als ich. Als wir zu Fuß in die Anwaltskanzlei gingen, gelang mir sogar eine ironische Bemerkung: Bald bist du frei, sagte ich, und wenn du willst, kannst auch du nach Reggio Calabria übersiedeln. Ich fürchte, in diesem Augenblick wünschte ich mir, auch sie möge auf dem Meeresboden landen. Wenn ich etwas derartiges gedacht haben sollte, bereue ich es und schäme mich dafür.

Während ich in der Anwaltskanzlei die Papiere unterschrieb, hatte ich stets das Gesicht des zweiten Kriegers mit der leeren Augenhöhle vor mir und diese beiden schrecklichen Brustwarzen aus Kupfer.

Silberkopf

Seit einiger Zeit geht etwas Seltsames mit mir vor, was zwar einfach zu beschreiben, aber nicht ganz so einfach zu erklären ist: Ich habe eine schlechte Beziehung zu meinem Körper, zu den einzelnen Teilen meines Körpers. Allem voran »spüre« ich, daß ich eine Haut habe. Ich habe das Gefühl, als würde mein Körper von einer fremden Hülle umschlossen, wie von einem Handschuh, der sich jeder Falte anpaßt, der jeden Quadratzentimeter meines Körpers bedeckt. Natürlich ist sich jeder bewußt, eine Haut zu haben, aber ich glaube, nur die wenigsten haben wie ich das Gefühl, sie klebe am Körper. Aber nicht nur die Haut spüre ich, dasselbe Problem habe ich auch mit dem Rest meines Körpers. Ich glaube, die Menschen vergessen, daß sie eine Leber, eine Milz, ein Herz undsoweiter haben, sie erinnern sich erst wieder daran, wenn sie irgendwo einen Schmerz verspüren. Sicher, wenn jemand Leberschmerzen hat, wird er, während er den Schmerz lokalisiert, sich gezwungenermaßen daran erinnern, daß er eine Leber hat. Ich hingegen erinnere mich dauernd daran, ich spüre Magen und Darm, wie sie verdauen, die Leber, wie sie das Blut filtert, und das Herz, wie es pumpt. Ich spüre die Venen einzeln, und genauso die Muskeln und Knochen. An manchen Tagen muß ich mich sogar zwingen, an etwas anderes zu denken, weil ich es nicht mehr schaffe, den Überblick zu behalten, ich komme mir vor wie ein Wächter, der es sich in den Kopf gesetzt hat, das Funktionieren einer äußerst komplizierten Maschine, des menschlichen Körpers, zu beobachten.

Vor einigen Jahren habe ich mir ein Bein und einen Arm gebrochen, als ich bei einer Schiabfahrt gegen einen Baum prallte. Im Krankenhaus hat man mir das Bein und den Arm repariert, indem man mir zwei Nägel in den Oberschenkelknochen und weitere zwei in den Oberarmknochen »schoß«. Als ich aus dem Krankenhaus entlassen wurde, versuchte mich der Chirurg aufzumuntern, indem er sagte: Sie werden sehen, in einer Woche haben Sie die Nägel vergessen, Sie werden sie nicht mehr spüren. Indessen spürte ich die Nägel weiter und spüre sie noch heute, nach mehr als vier Jahren. Aber wirklich überrascht war ich erst, als ich feststellte, daß sich zusammen mit der spürbaren Erinnerung auch das Gefühl einstellte, das Vorhandensein des Stahls in meinem Körper sei durchaus nicht unangenehm. Ich war diesen beiden metallenen Ersatzstücken gegenüber noch sensibler als ich es meinen natürlichen Organen gegenüber ohnehin schon immer gewesen war.

Nach diesen beiden Brüchen habe ich das Schifahren aufgegeben und statt dessen mit dem Motorradfahren begonnen, ich raste mit atemberaubendem Tempo über die Straßen des Appennin, und alle sagten zu mir: Gib acht, sonst schlägst du dir eines Tages noch den Schädel ein. Was ich auch tatsächlich getan habe. Man hat mich unterhalb einer Kurve aufgelesen und ins Krankenhaus gebracht, als ich schon kein Lebenszeichen mehr von mir gab. Einen eingeschlagenen Schädel zu reparieren ist nicht einfach, aber die Chirurgie ist heutzutage imstande, Wunder zu wirken, und nach vier Monaten habe ich das Krankenhaus verlassen, mit einer Schädeldecke aus Silber, die ein Gutteil der natürlichen Hirnschale ersetzt, eine Art Silberhelm, der inzwischen ein Teil meines Kopfes geworden ist, und den ich sorgfältig mit Haaren zudecke, die aussehen wie meine eigenen. Ich gestehe, daß ich diese Schädeldecke gerne hergezeigt und wie das Silberbesteck zu Hause poliert hätte, aber meine Frau hat es mir verboten. Ich bin sehr verständnisvoll und habe, wenn auch widerwillig, ihrem Wunsch nachgegeben, die Schädeldecke aus Silber zu verdecken.

Hin und wieder mache ich mir einen Spaß daraus, mit jemandem, der mein Geheimnis nicht kennt, eine Wette abzuschließen, ich sage: Versuch mich mit einer Nadel in den Kopf zu stechen. Ich gewann immer, aber wenn ich erklärte, daß ich einen Schädel aus Silber hatte, sah ich in den Augen des anderen einen Anflug von Verlegenheit und vielleicht sogar von Mitleid.

Am Anfang schloß ich also Wetten auf meinen Silberschädel ab. Dann habe ich damit aufgehört, weil sich ein seltsames Phänomen bemerkbar machte: Das Metall war mit der Zeit empfindsam geworden. Eine andere Erklärung gibt es nicht dafür. Ich sagte: Versuch mich mit einer Nadel in den Kopf zu stechen, der andere versuchte es, erfolglos zwar, aber ich spürte etwas Ähnliches wie Schmerz. Aber es handelte sich weniger um einen realen Schmerz als um einen geistigen Schmerz. Nachdem das Metall eine Zeitlang mit den Nervenzellen in Berührung gestanden hatte, war es offenbar nicht mehr völlig gefühllos, sondern leitete Impulse an das Gehirn weiter, aufgrund derer ich »glaubte«, einen Schmerz zu fühlen. Ich habe in diesem Zusammenhang gehört, daß in vielen Fällen von Amputation der Schmerz bleibt, auch wenn das Glied nicht mehr da ist. Man nennt das einen Phantom-Schmerz, und dieses Phänomen ist allen bekannt, die sich mit Orthopädie beschäftigen. Auch in meinem Fall handelte es sich um einen Phantom-Schmerz.

Ein anderes Phänomen, das mich in diesem Zusammenhang interessiert, obwohl meine Augen völlig gesund sind, ist das des Glasauges. Natürlich kann man mit einem Glasauge nicht sehen und seine Funktion in der Augenhöhle ist eine rein ästhetische. Ein Freund, der seit vielen Jahren ein Glasauge hat, erzählte mir jedoch, daß er sich manchmal das andere Auge mit einer Hand zuhält und es ihm dann gelingt, mit dem Glasauge Bilder wahrzunehmen, die der Realität in ungefähr entsprechen. Er hat nicht gesagt, daß er sehen kann, sondern daß er mit seinem Hirn Bilder nachempfinden kann, die dem ähnlich sind, was das Glasauge »sieht«. Das beweist, daß ein Material wie Glas, das als totes Material gilt, selbst empfindlich werden kann, wenn es mit dem menschlichen Körper in Berührung kommt, daß es mit den Nervenzellen Kontakt aufnehmen und ihre Impulse weiterleiten kann. Es handelt sich hierbei um Phänomene, die die offizielle Wissenschaft nicht anerkennen will. Immer wenn ich versuchte, darüber mit einem Arzt zu sprechen, stieß ich auf die reine Verständnislosigkeit. Nein, sie werden es nie begreifen.

Ich zögere nicht zu gestehen, daß ich Metalle im allgemeinen liebe, und daß ich auf meinen Stahl, mein Silber und auf das Gold in meinen Zähnen stolz bin. Ich habe wahrhaftig einen Hang zur Metallurgie. Als mich mein Zahnarzt fragte, ob er einen meiner Zähne mit Porzellan oder Kunstharz überziehen sollte, sagte ich nur: Gold. Ich habe verlangt, daß mit Ausnahme der Vorderzähne alle Reparaturen – Füllungen, Brücken, Inlays und Kronen – mit Gold ausgeführt werden sollten.

Plastik interessiert mich weniger. Mit Plastik repariert man Herzklappen, schafft man neue arterielle und venöse Blutbahnen, baut man Teile des Darmes und Gelenke nach, stellt man perfekte Arm- und Beinprothesen her. Angeblich können viele Menschen damit problemlos leben, aber mich interessiert das nicht. Mich interessieren nur Metalle.

Ich habe mehrmals versucht, eine – sagen wir – philosophische Erklärung für meine Liebe zu den Metallen zu finden, und schließlich bin ich zu einem sehr elementaren und vielleicht ein wenig vereinfachenden Schluß gekommen: Die Welt ist sehr hart, der Baum, an dem ich mir den Arm und das Bein gebrochen habe, der Stein, der mir den Schädel eingeschlagen hat, aber auch Hauswände, Möbel, Fußböden, Autos, Züge, Straßen und Gehsteige, Eis, alles ist hart, und hart sind auch die Berge und die ganze Erdkruste. Der Mensch hingegen ist weich. Ich fand einfach keine Ruhe, und in Gedanken kehrte ich immer wieder zu meinen Metallen zurück.

Wenn ich sage, es ist mir angenehm, daß einige Teile meines Körpers aus Metall nachgebildet worden sind, versteht mich niemand. Denn um das zu verstehen, muß man vor allem dieselbe Erfahrung gemacht haben, aber auch das reicht nicht. Man muß sie mit »körperlicher Aufmerksamkeit« gemacht haben. Als »körperliche Aufmerksamkeit« bezeichne ich eine gewisse Sensibilität des Körpers, die eine natürliche Anlage ist, die man jedoch auch trainieren kann. Diese Art von Sensibilität macht es möglich, sich auf jeweils eine Zone des menschlichen Körpers zu konzentrieren, sie kann jedoch auch mit der Zeit zu einem diffusen und automatischen Gefühl werden. Als ich mit der silbernen Schädeldecke das Krankenhaus verließ, spürte ich ein leises Jucken auf dem Metall, aber eigenartigerweise empfand ich dieses Jucken sofort als angenehm. Ich weiß nicht, wie ich es erklären soll: meine Aufmerksamkeit konzentrierte sich von selbst auf diesen Metallteil wie auf einen bevorzugten und nahezu begnadeten Körperteil. Ich übertreibe natürlich, aber auf diese Weise ist mein Wunsch entstanden, weitere – viele – Körperteile aus Metall zu besitzen. Und dabei hatte der Chirurg, bevor er sich von mir verabschiedete, diese vier Stahlnägel als »Fremdkörper« bezeichnet!

Nachdem ich nun mein Interesse für Metalle dargelegt habe, die in den menschlichen Körper eingepflanzt werden, muß ich der Ehrlichkeit halber zugeben, daß sich dadurch auch ein paar Nachteile ergeben. Wenn ich zum Beispiel mit dem Kopf zu lange in der Sonne bleibe, beginnt das Silber, das ein hervorragender Leiter ist, zu glühen und mir das Hirn zu verbrennen. Diese Empfindung ist sehr unangenehm und, wie mir scheint, auch gefährlich. Der Arzt hat mir ganz brutal gesagt, ich solle aufpassen, sonst würde ich verrückt. Das täte mir leid.

Durch das Vorhandensein der Metalle ergibt sich natürlich auch ein Gleichgewichtsproblem zwischen den metallenen und den nichtmetallenen Teilen. Ein kritischer Moment ergibt sich, wenn sich mehrere metallische Teile im Körper verstreut befinden, die noch nicht aufeinander abgestimmt sind. Ich gestehe, daß auch ich am Beginn meines Zusammenlebens mit den Metallen ein paar Augenblicke der Perplexität und der organisatorischen Ratlosigkeit hatte, man muß sich jedoch vor Augen halten, daß meine Erfahrungen sehr traumatisch und schmerzhaft waren. Zuerst ein Bein und ein Arm gebrochen, und dann auch noch der Kopf. Schmerzhafte und gefährliche Erfahrungen. Hätte ich beschlossen, mir eine Schädeldecke aus Silber einsetzen zu lassen, ohne vom Unfall dazu gezwungen worden zu sein, wäre alles viel einfacher gewesen. Aber heutzutage gibt es keine Chirurgen mehr, die zu derartigen Operationen bereit sind, weil es keine Patienten gibt, die danach verlangen, ohne Nachfrage kein Angebot.

Tatsache ist, daß der Mensch insgeheim die Maschinen beneidet, und vor allem die, bei denen man die einzelnen Teile, die verschleißen oder kaputt gehen, der Reihe nach auswechseln kann. Das ist ein Gefühl, dessen sich die wenigsten bewußt sind. Wir müssen beginnen, das Bewußtsein dieses verdrängten Gefühls zu verbreiten. Was mich persönlich betrifft, so möchte ich es ganz deutlich sagen: Ich würde gerne von Kopf bis Fuß aus Metall sein. So formuliert, scheint das ein absurder Wunsch zu sein, aber ich glaube, in einer nicht allzu fernen Zukunft wird es vielen Menschen gelingen, zu glänzenden Maschinen zu werden. Ich stelle fest, daß ich noch immer Umschreibungen verwende, zu denen mich die Heuchelei zwingt. In Wirklichkeit habe ich eine verdammt große Angst vor den Worten, denn ich müßte ganz deutlich sagen: Ich würde gern ein Roboter sein, und ich glaube, daß es in einer nicht allzu fernen Zukunft vielen Menschen gelingen wird, ein Roboter zu sein.

Das muß ich etwas genauer erklären. Erstens, wenn ich Roboter sage, meine ich durchaus einen mechanischen Roboter aus Metall, der noch intelligenter ist als jene Roboter, die Asimov in seinen Erzählungen beschreibt, einen »menschlichen« Roboter also. Ich würde nie auf meine Individualität verzichten, ich möchte ich selbst bleiben. Sobald ich auf mein »Ich« verzichten müßte, interessiert mich die Sache nicht mehr. Es gibt Menschen, die davon träumen, ein Vogel zu sein, und ich habe einmal jemanden kennengelernt, der gerne ein Krokodil gewesen wäre. Ein Freund von mir träumt hin und wieder davon, Napoleon zu sein, somit ist es gar nicht so absonderlich, daß ich davon träume, ein Roboter zu sein.

Eines Tages versuchte ich, bei meiner Frau das Terrain zu sondieren, ich sprach natürlich ganz im Allgemeinen, ich sagte, stell dir vor, wie schön es wäre, ein Roboter zu sein, ganz aus Metall, mit Transistoren und Stromkreisen, die dein Leben regeln, und dem ganzen Rest. Zuerst lachte sie, aber als sie begriff, daß ich es ernst meinte, wurde sie wütend. Du bist ohnehin schon von oben bis unten mit Metallen zusammengeflickt, jetzt fehlt dir nur noch ein Schwanz aus Eisen und wir haben, was wir brauchen. Meine Frau drückt sich sehr direkt aus, aber manchmal sagt sie auch etwas Richtiges. Ich muß gestehen, daß ich an dieses Detail noch nicht gedacht hatte. Richtig, wie lösen die Roboter das Problem der Liebe? Wenn ich es mir recht überlege, halte ich dieses Eisending für keine schlechte Idee, auch wenn sich vielleicht Messing, Bronze oder Kupfer besser dafür eignen würden, weiche und leicht formbare Metalle, die nicht rosten und die ohne allzu große Reibung und ohne lästiges Geknarre gleiten. Nicht umsonst verwendet man sie für Armaturen und Pumpen. Ich mußte aufhören, mit meiner Frau über Schwänze und Metalle zu sprechen: Geschieden ist man schneller als man denkt.

Ich habe jedoch nicht aufgehört, meine Idee zu verbessern, über meinen Traum nachzudenken. Wenn es stimmt, daß die Natur analoge Formen hervorbringt, so muß der Mensch, der ein Teil der Natur ist, etwas produzieren, das ihm ähnlich, jedoch einfacher und vor allem härter ist. Einfachheit und Härte: das ist es, was mich an den Robotern im Vergleich zu den Menschen am meisten fasziniert. Metalle sind glänzend, fest, unzerbrechlich, hitze- und frostbeständig, während die Organe des menschlichen Körpers weich und verderblich sind, und eine etwas längere Nadel genügt, um selbst den stärksten Mann auf dieser Welt umzubringen.

Ich habe mir den Oberarm- und Oberschenkelknochen gebrochen, und ich habe meine vier Stahlnägel bekommen. Dann habe ich mir den Schädel eingeschlagen, und ich habe meine Schädeldecke aus Silber bekommen. Aber das reicht mir noch nicht, ich bin noch nicht zufrieden. Selbst in der Bibel heißt es, das Fleisch ist schwach, nicht nur im übertragenen Sinn, und außerdem heißt es, daß es wie nichts zu Staub zerfällt. Ich will nicht zu Staub zerfallen. Ich möchte ganz aus Metall sein, eine glänzende, metallene Maschine, um der Härte der Welt die Stirn zu bieten.

Luigi Malerba

Die fliegenden Steine

Roman

Aus dem Italienischen von Moshe Kahn

Band 12333

Kurz vor der Wende zum Jahr 2000, in der unwirtlichen Atmosphäre einiger Endzeitkatastrophen, schreibt der berühmte Maler Ovidio Romer in der neutralen Abgeschiedenheit eines Schweizer Hotels »den Roman seines Lebens«. Zur Zeit seiner großbürgerlichen Jugend in Rom hat er sich, der schon früh den Vater vermissen mußte, zu einem menschenscheuen Einzelgänger entwickelt. In seinen Bildern stellt er versteinerte Wälder, apokalyptisch visionäre Wüsten dar, malt antike Ruinen, Fossilien und unheimliche Insekten mit gläsernen Menschenaugen. Zu den Merkwürdigkeiten seiner Existenz gehört auch ein Phänomen, das sich als Verdoppelung oder Spiegelung von Ereignissen bemerkbar macht. Überall holt ihn die Dämonie geheimnisvoller Entsprechungen ein. Was immer die Erfahrung der Austauschbarkeit von Zeit und Raum in einem einzigen Menschenleben, aber auch über Jahrhunderte hinweg, bedeuten mag, sie rührt an die für Ovidio Romer zentrale Frage von Original und Imitation. Wie er aus dem Labyrinth der Selbstbefragung und der versteinerten Welt seiner Bilder herausfindet, davon erzählt dieser erstaunliche Abenteuer- und Künstlerroman.

Fischer Taschenbuch Verlag

fi 1232 / 3

Luigi Malerba

Pataffio

Roman

Aus dem Italienischen
von Moshe Kahn

Band 12280

Pataffio ist ein derber und deftiger literarischer Scherz, ein groteskes Märchen aus einem fiktiven Mittelalter. Parliert wird in drei Zungen: im steifen Italienisch des Burgherrn (von Moshe Kahn in ein barockes Deutsch übertragen), im Küchenlatein des Pfaffen und im saftigen Dialekt der Bauern. Es treten auf: ein frisch verehelichter Graffzog (ein Mittelding zwischen Graf und Herzog, also keins von beidem), sein ihm angetrautes und ewig unbefriedigtes Weib, Varginia geheißen, und »allergeliebteste Dochter des Königs von Montecacco«, die aufmüpfigen Untertanen des Graffzogs sowie ein Tross heruntergekommener Soldaten und ein Pfaffe. Luigi Malerba erzählt vom Hunger und vom Fressen und davon, wie die Herrschaft sich teils selbst verzehrt, teils hinrichtet, teils selbst mordet, so daß ein ausbeuterisches System zerbricht, bevor es überhaupt errichtet werden konnte. Ein sympathisch anarchisches Ende, das festschreibt, »dasz von Itzt an und für alle Zukunft keyner nit das Sagen hat«.

Fischer Taschenbuch Verlag

fi 1230 / 4

Luigi Malerba

Wahrhaftige Gespenster

Geschichten aus
den eingebildeten Wissenschaften

Aus dem Italienischen
von Sigrid Vagt

Band 12282

Ein unscheinbarer Buchhalter und Ehemann bemerkt an sich die verblüffende Eigenschaft, Strom erzeugen zu können; ein chinesischer Baumeister entwirft luftige Architekturen, für die er mit dem Tode bestraft wird. Wie man Schatten herstellt oder mit den Stimmen des Windes Musik erzeugt oder wie man sich mit der Lektüre von Joyce erfolgreich gegen Asthmaanfälle in der Nachfolge von Proust zur Wehr setzt – augenzwinkernd fabuliert Malerba von Phänomenen, die unserer Vernunft suspekt erscheinen müssen. Und es ist die Konsequenz dieser wahrhaft gespenstischen Geschichten, daß ihr Autor am Schluß selbst als Gespenst hervortritt.

Fischer Taschenbuch Verlag

fi 1996 / 4